「古典の授業？寝てたよ！」というあなたに読んでほしい

実はおもしろい古典のはなし

谷頭和希×三宅香帆

笠間書院

はじめに　あたらしく読む古典

三宅香帆

春は曙、という言葉がアバンギャルドだった時代があった。およそ1000年以上前のことだ。

というのも、清少納言《せいしょうなごん》が『枕草子《まくらのそうし》』を綴った時代。春といえば、桜であり、梅であり、花が咲く時期であった。決して空を見やるような季節ではなかった。しかしそんな折にあって、彼女は、言い切った。春は曙なのだと。曙の空のあけゆく様子こそ美しいのだと。こうして清少納言は、和歌で春とはこう詠むものだとルールがほぼ決まっていた時代にあって、随筆という新しい場で、アバンギャルドな価値観を突きつけた。それこそが清少納言《せいしょうなごん》の挑戦だった。

古典を読むというと、現代の私たちからすると墓参りをするかのような埃臭いイメージを持つかもしれない。難しいものではあるが、どうにか先祖への思いやりから手をつけなきゃいけないもの……そんなふうに思う方もいるのではないか。しかし私はそう思い込んでしまうのは、本当にもったいない、と思う。

古典とは、実は、面白いものだからだ。

もう本当に単純な話なのだが、現代で読んでも、ちゃんと読めば、古典は本当におもしろい。本当の話だ。

古典と一口に言っても、書かれたのは平安時代から江戸時代、ジャンルも和歌から物語から随筆と多岐にわたる。もちろん書いた人も男女身分多種多様だ。そこにはたしかに当時広まるにふさわしい刺激的で面白い作品があった。

ただ、読むのにちょっとだけコツが必要だ。現代で読むとどういうことなんだろう？　という「置き換え」の技術があったほうが、古典を読むのは面白くなる。今回は、もと国語教師でライターの谷頭和希さんと、文芸評論家でもと国文学研究大学院生だった三宅香帆が、楽しく喋りながら「現代で古典文学を楽しむ方法」について語った。

読者の方にも、一緒におしゃべりを楽しみながら、古典文学の扉を開いてくれると嬉しい。

古典文学の扉を開くと、こんなにもたくさんの物語や詩や歌がアーカイブされていることに、たまに、新鮮に驚く。私たちは普段普通に「古典」と呼んでいるが、本当になんでもない日記や歌が1000年以上残っていることは、奇跡だと思う。

面白すぎる古典が、私たちのもとに届いてくれた。もう、読むしかない。私たちと一緒に、実は面白い古典を、読んでみませんか？

実はおもしろい
古典のはなし

もくじ

本書はポッドキャスト番組「放課後の古典ラジオ」をもとに加筆・修正しています。紹介したエピソード、説や解釈には様々なものがあり、取り上げているのは、それらのうちの一つです。また、現代語訳は表現を整えたり、意訳したりしております。

谷頭

（たにがしら）

都市やチェーンストアを研究している。
中学と高校で古文を教えていたことがある。

三宅

（みやけ）

文芸評論家。大学院で万葉集を研究していた。古典、漫画、ドラマも好き。

第1章
江戸文芸のはなし

江戸文化のプロデューサー

蔦《つた》屋《や》重《じゅう》三《ざぶ》郎《ろう》

『蔦屋重三郎』 1750-1797年。江戸時代後期の出版業者。通称、蔦重《つたじゅう》。大田南畝らと親交があり、洒落本・黄表紙や浮世絵版画を出版。2025年の大河ドラマ「べらぼう～蔦重《つたじゅう》栄華《えいが》乃《の》夢噺《ゆめばなし》～」では、その人生が描かれる。

蔦屋重三郎ってどんな人？

谷頭

江戸文芸って、なかなか古典の主要作品として扱われないんですよね。たぶん、平安時代なんかと比べたら時代が新しいだけに作品もたくさん残っていて、なかなかとらえづらいんだと思います。教科書にも載っているは載っているんだけど、授業で扱うかっていうと、そこまで比重は高くない。

じゃあ、そういう江戸文芸のとっかかりとして何がいいかっていうと、ここで扱う蔦屋《つたや》重三郎《じゅうざぶろう》なんですよ。というわけで、ここでは蔦屋《つたや》重三郎《じゅうざぶろう》を中心に、江戸文芸の楽しみ方を話してみたいと思います。

蔦屋《つたや》重三郎《じゅうざぶろう》はどんな人かというと、プロデューサーですよね。「浮世絵」や「読本」の作家をプロデュースしたり、彼らが集《つど》う場所を作ったり、その面でかなり面白いことをした人。

ただ、最初から大きな拠点があったわけじゃない。最初はある版元で弟子に近い形で働いていたけど、独立して自分の版元を作って、そこから活動を広げていく。個人的に面白いと思うのが、その活動の広げ方。何をしたのかというと、当時大流行していた**浮世絵や読本、狂歌《きょうか》といったそれぞれのジャンルにおける「キーパーソン」を一人ずつおさえていく。**

例えば、当時の読本の世界には、朋誠堂喜三二《ほうせいどうきさんじ》という人がいて、この人がいわゆる業界でとても顔がきく人だった。これは僕のイメージだから、ある種妄想なんだけど、どんなに話がまとまらないときもこの人が何か言えば「朋誠堂《ほうせいどう》さんがこう言うんだったら」と周囲が動いてくれるような人だったんじゃないかと。だから読本ジャンルである程度自由に活動するために、蔦屋《つたや》はまずこの「重鎮」をおさえたんですね。彼と関係性を深めていくわけです。

そしてもう一方で浮世絵ジャンルでは、北尾重政《きたおしげまさ》という重鎮がいて、その人とも関係をおさえていく。まあ、浮世絵版の朋誠堂喜三二《ほうせいどうきさんじ》ですよね。

すると、この二人を基点としたことによって、蔦屋《つたや》は当時大流行していた読本と浮世絵のジャンルを、完全に掌握できちゃった。そして、**その二つのジャンルを越境し**

たコラボレーションもできるようになった。当時は浮世絵師が本に絵を描くこともあって、浮世絵と読本のコラボレーション作品がかなり多かったんです。蔦屋《つたや》はこの2大ジャンルのキーパーソンと関係を築いたことで、いい浮世絵作家といい読本作家を組み合わせて、クオリティの高い売れる作品をどんどん作らせることができたんですよね。

それ以外でも、「狂歌《きょうか》」では大田南畝《おおたなんぽ》をしっかり摑んだようですし、とにかくキーパーソンをしっかりとおさえる、という戦略が彼の中にあったんだと思う。

これって今でも同じだよなあ、と思って。いきなり現代の話をするんだけど、栃木県の大田原市に「えんがお」という一般社団法人があるんですよ。

彼らは、大田原の街で「全年代参加型」の街づくりをしていて、街中にいくつかの施設を持っているんです。それを率いる濱《はま》野《の》将《まさ》行《ゆき》さんが本の中で、比較的、排他性の強い地方都市の中にどうやって「ヨソモノ」が入っていくのかを語っていて。そのときに大事なのが「オセロの角」をおさえることだと。その地方都市の集団の中で「この人が言うんだったらしょうがない」というポジションの人をうまく見つけて、その人と近くなっていく。まあ、要するに政治ではあるんですが、そうやってだんだん地域に入っていくんです。だから蔦屋《つたや》がやっていたのって、すごくそれに近いような気がして、普遍的なことだよなあ、とか思ったり。

三宅

排他性という点でいえば、**江戸文芸って都会的なセンス、つまり「粋《いき》であること」を重視するからこそ、ダサいことを排除したがる傾向があるのでは**、と私は理解しているんです。もちろん雑な理解ではあるのですが、ある種の、センスへの厳しさを感じる。たとえば平安の和歌ではルールに従えばダサくても許されたけど、江戸は違う。江戸文芸全般に明文化されていないセンスのルールがある。江戸という土地もいわゆる当時の「都市」ではあるんだけど、排他的な側面はあったと思うんですよね。ダサいことするおのぼりさんに厳しい。

谷頭

そうですね。狂歌《きょうか》、浮世絵といったジャンルごとでも、集団が持つ排他性はあったでしょう。そういった集団の中に分け入って自分の活動を広げていくときに、蔦屋《つたや》はこの**「オセロの角理論」をとっていった**。勢力を拡大したあとの蔦屋《つたや》ももちろん面白くて、今度は自分の版元で若い人をどんどん発掘するわけです。そこで出てきたのが山東京伝《さんとうきょうでん》や『南総里見八犬伝《なんそうさとみはっけんでん》』の滝沢馬琴《たきざわばきん》、式亭三馬《しきていさんば》などなど、江戸時代の大ベストセラーの作家たち。彼らを育てていったのがこの蔦屋重三郎《つたやじゅうざぶろう》だったんですよね。

「プロデューサー」というといろんな定義の仕方があると思うのですが、やはり**時代の文化シーンを作っていく**というのが一つ重要な役割だと思うんです。蔦屋《つたや》も、最初は小規模だった活動が、戦略的に勢力を拡大させていって、その中で江戸時代の文芸シーンやムーブメントを作っていくという流れがあって、すごく面白いなと。

DMMな蔦屋重三郎

三宅

蔦屋重三郎《つたやじゅうざぶろう》は本当に興味深い人ですよね。私は谷津矢車《やつやぐるま》さんの歴史小説『蔦屋《つたや》』（文藝春秋）が大好きなんです。小説を読んだとき調べて思ったのですが、**蔦屋《つたや》のビジネスって現代でいうDMMなんじゃないか**、と思っていて。

要するに蔦屋《つたや》がどうやってお金をやりくりしているかというと、春画《しゅんが》で儲けたお金を出版業に投資していた。春画《しゅんが》販売で得た資金をもとに出版部門でベストセラーを生んでいるんですよ。

自分で執筆業をやっていても思うのですが、出版業はとにかく最初の資金が重要で、でもなかなかそれを生み出せない時期があるじゃないですか。江戸時代も同じような問題を抱えていた。そこで蔦屋《つたや》はどうしたかというと、春画《しゅんが》や歌舞伎スターのブロマイドをたくさん描かせて売りまくることで、出版部門に使うための初期資金を生み出したんですよね。今でいうと、出版社がアイドルの写真集をたくさん売ることによって資金を作って、それを新たな文化シーンを作るためのお金に転じさせるようなビジネス。

そのあたりも、**プロデューサー的な観点というか、経営者だな**と思ったんですよね。

谷頭

わかるなあ。蔦屋《つたや》のビジネスの中で一番最初に売上が跳ねたのも、吉原のガイドブック『吉《よし》原《わら》細《さい》見《けん》』なんですよね。そこで資金を作った。

それと似ているかもしれないけれど、ビジネス的な側面で見ると、いろんなものを扱いながら利益を出していったというのも面白い。例えば当時の本屋は本だけでなく錦絵も扱っていたし、山東京伝《さんとうきょうでん》も物書きだけでなくタバコ入れのデザインなんかもしていたんですよ。今でも、例えばドラッグストアは、薬で儲けることで食品の値段を安くして、要するに粗利ミックスという考え方でお客さんを呼んでいるわけじゃないですか。蔦屋周辺のビジネスはそれに近いことをやっていますよね。

当時は文芸作品を読むとなると貸本が中心なので、そこまで利益が出るものじゃないんだけど、そうした**文化にかけるコストをうまく賄《まかな》っていくために別の商売で売上を確保している**。本人たちは経営戦略と思っていなかったかもしれないんだけど、そうしたやりくりをしているところに江戸文化の豊かさを感じます。一方で大変な時期ももちろんあって、寛政の改革（1787〜93年）のときには、かなり窮地に追い込まれています。

三宅

そうそう。政治的弾圧もある中で出版業を成功させた人。それが蔦屋重三郎《つたやじゅうざぶろう》ですよね。

蔦屋重三郎と作家たち

谷頭　当人たちからしたらいい迷惑だと思うんですけど、いつもちょっと笑っちゃうのが、蔦屋《つたや》重三郎《じゅうざぶろう》が山東京伝《さんとうきょうでん》に書かせた本が幕府の規制に引っかかってしまって、二人とも処罰されたこと。蔦屋《つたや》は罰金刑になるんだけど、**作者の山東京伝《さんとうきょうでん》の処罰は、「手鎖《てぐさり》50日」**なんですよね。物理的に書けないようにするっていう。これ、なかなかすごい罰ですよね。

三宅　ねえ。原始的ですよね。

谷頭　でも、正直ちょっと書けますよね。手鎖。

三宅　書ける書けない以前に、痛くない……？

谷頭　痛いのか。

三宅　痛いでしょ!!
山東京伝《さんとうきょうでん》の作品って、面白いんですよ。彼の『青楼昼之世界錦之裏《せいろうひるのせかいにしきのうら》』は遊女の本音を面白おかしく描いた話ですが、ここに出てくる遊女の客たちの言葉が、**現代でいう「おじさんLINE」のようで**……。もちろん誇張して書いているとは思うのですが。

谷頭　蔦屋《つたや》はビジネスの才能ももちろん優れているけれど、作家たちを見出したセンスもすごい。山東京伝《さんとうきょうでん》も滝沢馬琴《たきざわばきん》も全く違った作風なのに、どちらも売れると見込んで投資した。蔦屋《つたや》と同時代の作家たち同士の関係も面白いですよね。有名な話だと、式亭三馬《しきていさんば》と滝沢馬《たきざわば》琴《きん》は仲が悪かった。式亭三馬《しきていさんば》の作品は軽妙なくだらなさが魅力的だった一方、滝沢馬琴《たきざわばきん》は『南総里見八犬伝《なんそうさとみはっけんでん》』をはじめとして、日本や中国の古典を下敷きにした骨太《ほねぶと》な作品で、それぞれ作風が全く違いますもんね。

三宅　彼がプロデュースした中で一番売れた作家は誰だったんでしょう。

谷頭　初めて物書きだけで生活できたのは、滝沢馬琴《たきざわばきん》だといわれています。

三宅　日本初の専業作家！　大量に書いているだけありますね。
確かに山東京伝《さんとうきょうでん》はデザインの仕事もやっていて、専業作家ではない。

谷頭　そうそう。サイドビジネスをやっていました。
それと、このあたりは言い出すとキリがないんだけど、そもそも現在と本の流通システムが全く違うので、江戸時代において「売れる」感覚も今とは違うんだと思います。

三宅　蔦屋《つたや》には現代でいうところのビジネスの才能があって、ヒット作を出したり売れるものを見極める感性があったし、実際にビジネスを大きくできた。でも、彼はもともと商売しな

いと生活ができないくらい、お金に困っていた人でもないですよね。どこで彼のプロデューサー的感性が培われたんだろう、と不思議なんですよね。

谷頭　**蔦屋重三郎《つたやじゅうざぶろう》が成功できたのは、田沼意次《たぬまおきつぐ》の時代と重なっていたことも大きい**と思うんです。田沼意次《たぬまおきつぐ》は江戸幕府の老中として当時の政治を動かした人ですが、文化に対する庇護《ひご》も厚かった人だったので。

三宅　なるほど、政府の追い風があったのか。やっぱり誰かパトロンがお金を出してくれないと無理ですよ。こんなに文化が花開くのって。

谷頭　大事なことですよね。田沼《たぬま》の政治があって、それまでも版元や書店はあったんだけど、蔦屋《つたや》が出てきて成功して、そこから**喜多川歌麿《きたがわうたまろ》、東洲斎写楽《とうしゅうさいしゃらく》、滝沢馬琴《たきざわばきん》、式亭三馬《しきていさんば》、山東京伝《さんとうきょうでん》、と江戸時代のオールスター**が登場する。

三宅　本当にすごいことですよね。それにしても蔦屋《つたや》のような時代を代表するプロデューサーって、どんなふうに育っていったんだろう。作家と違って、想像できない。

谷頭　結果的なものだったのかなという気もするんですよね。蔦屋重三郎《つたやじゅうざぶろう》本人が狂歌《きょうか》をやっていたし、浮世絵も嗜《たしな》んでいたし、出版の仕事をしていたし、それぞれの場でいろいろな人と出会った中で**「これとこれを組み合わせたら面白いんじゃないか」っ**

て思ったのでは、と。
それが最初は仲間内でわいわいやる楽しさの延長だったんだけど、外に出してみると案外一般受けもするんじゃないかって気づく瞬間があったんだと思うんですよね。いや、完全に推測なんだけど。それぞれの文化活動に携《たずさ》わる人たちの集まりがあって、政治的にも文化にお金が出ていたから活気もあって、そこに蔦屋自身が顔を出していってそれらが結びついていった、そんな背景があるといえるんじゃないかと。
あと僕は**この時代が、１９８０年代的な風景ともつながる気がする**んですよね。経済的なものが下支えとなって生まれていたある種の「時代の明るさ」が似ているし、ビジネスと文化がとても近かったことも似ている。それと、文化人のあり方ですよね。浮世絵や読本や、狂歌《きょうか》、さらには商売人という、いったい何で食べているんだかわからない職業の人が、蔦屋《つたや》の時代には多いと思うんですが、１９８０年代も似たような人が多い。いろんなことをしながら食べていっている人が多くて、その点でも似ているなぁ、と。

三宅

確かに。現代との結びつきでいうと、**いわゆるサブカル的なつながりもありますよね。**喜多川《きたがわ》歌麿《うたまろ》や写楽《しゃらく》って現代だと、マンガ家や広告デザイナーとして大成し

谷頭

てそう。

滝沢馬琴《たきざわばきん》の『南総里見八犬伝《なんそうさとみはっけんでん》』もほぼドラゴンボールですからね。玉を集める、みたいなところがありますから。

でも、ちょっと蔦屋《つたや》の話をするだけで、江戸時代後期の化政文化《かせいぶんか》の重要人物がほぼ網羅できる。本当に重要な人物だと思いますよね。

よくわからない話だけど、政治批判も兼ねていた？

根《ね》南《な》志《し》具《ぐ》佐《さ》

『根南志具佐』エレキテル（日本で初めて復元された電気機器）の復元をはじめさまざまな発明をした平賀源内が風来山人というペンネームで書いた劇作。実際にあった出来事をもとに書いたもので、タイトル通り「根も葉もない話」になっている。

三宅

ハチャメチャすぎる平賀源内の作品

じゃあ、江戸文芸で具体的な作品をいくつかとり上げてみましょうか。今回扱う『根南志《ねなし》具佐《ぐさ》』は、江戸時代の発明家で有名な、平賀源内《ひらがげんない》が書いた物語です。

彼は一応、発明家といわれていますが……**「肩書きが多すぎて本業がわからない人」の代表格のような人。**Wikipediaで見るだけでも肩書きが10個ぐらいある。発明家、俳人、医者といろいろなことをやっていた人でした。杉田玄白《すぎたげんぱく》や田沼意次《たぬまおきつぐ》とも仲が良かったようで、田沼意次《たぬまおきつぐ》政権下の江戸文化を謳歌《おうか》した人ともいえる。

そんな理系の天才である平賀源内《ひらがげんない》ですが、文芸活動もやっていた。戯作者《げさくしゃ》でもあったし、俳句も書けるし、春画《しゅんが》も描いていたんですよね。かなりふざけたペンネームをいくつも持っていて、有名なのは「福内鬼外《ふくうちきがい》」「貧家銭内《ひんかぜにない》」、あとは「どこからか風みたいにやってきて去ってく」みたいな意味の「風来山人《ふうらいさんじん》」も私は好きですねえ。なんとなくそういう空気を持った人だったのかな、と。

書いている内容もかなりふざけたものが多くて。『根南志具佐《ねなしぐさ》』は、実は平賀源内《ひらがげんない》と親交のあった実在の人物が登場する、フィクションなんです。

まず登場人物の一人目が**菊之丞《きくのじょう》**。歌舞伎役者ですが、**当時のトップアイドルといってもいいほど人気の役者**でした。この菊之丞《きくのじょう》はもともと平賀源内《ひらがげんない》と深い親交があって、一説には平賀源内《ひらがげんない》と同性愛関係にあった、といわれています。

そしてもう一人の登場人物が**荻野八重桐《おぎのやえきり》**。歌舞伎の女形役者なのですが、彼が船遊び中に溺死してしまう、という大事件が実際にあった。物語のあらすじに入る前にここだけ覚えておいてください（笑）。

そんな実在の人物が登場する『根南志具佐《ねなしぐさ》』ですが、内容はかなりヘンテコ。

まず主人公は、なんと、**閻魔大王《えんまだいおう》**。この閻魔大王《えんまだいおう》が菊之丞《きくのじょう》に一目惚れをしてしまうところから、物語が始まります。しかも閻魔大王《えんまだいおう》は、決して本人を見たわけではなくて、菊之丞《きくのじょう》を描いた似顔絵に一目惚れしてしまうんですよ。

似顔絵を見た閻魔大王《えんまだいおう》は「こんな美しい人がこの世にいるのか！」と衝撃を受け、「俺はもうこんな閻魔大王《えんまだいおう》なんてやってられない。絶対に現世に行ってこいつに会うんや」と言い出す。そして、地獄の家臣に呆《あき》れられながらも、菊之丞《きくのじょう》にどうにか会おうとする。それで結局、河童に「お前、地獄に菊之丞《きくのじょう》を連れてこい」って命じるんです。

河童が現世の川にやってくると、ちょうど菊之丞《きくのじょう》は八重桐《やえぎり》と川で遊んでいたところだった。「この川から菊之丞《きくのじょう》を沈めれば、菊之丞《きくのじょう》を地獄に連れていけるな」……そう企んだ河童だったんですが……。

なんと今度は**河童が菊之丞《きくのじょう》に一目惚れしてしまう**んです。もうカオスです。

河童は「こんな美しい人を地獄に連れて行くなんてできない。私は一人で死にます」なんて言う。さすがに菊之丞《きくのじょう》も「いやそんなことせんでも」とツッコミを入れるんだけど。すると、横にいた**八重桐《やえぎり》が「そんなこと言うなら私が死にます！」と叫んだ**んです。そして八重桐《やえぎり》は、川に飛び込んでしまう……。

最後は菊之丞《きくのじょう》がその川を見つめて、物語は終わるんです。

谷頭

何かすごいことが起こっているぞ……。

三宅

実は政治を批判している？

いや本当に、ツッコミどころ満載の物語なのですが。これを書いたのが菊之丞《きくのじょう》と親交のあった平賀《ひらが》源内《げんない》、という点に、私はもっとツッコミを入れたいですよ。

閻魔大王《えんまだいおう》も河童も一目惚れしてしまうぐらい菊之《きくの》丞《じょう》が美しいのはいいんだけど……八重桐《やえぎり》は実際に溺死してしまっているので、洒落《しゃれ》にならないです。ファンだったら怒る。倫理的に正しくはない、ですよね……。

でも、平賀源内《ひらがげんない》が閻魔大王《えんまだいおう》や地獄をバカっぽく描いたのは、**当時の江戸幕府の政治を風刺・批判している**、ともいわれているんですよね。当時、読本で寓話的に政治批判するのが

谷頭　流行《はや》っていた。源内もこの作品で、閻魔大王《えんまだいおう》のバカっぽい命令に振り回される官僚たちの姿を描こうとしたのではないかと思うと、納得できます。
当時の幕府は検閲《けんえつ》も厳しかったじゃないですか。だから江戸文学全体としても、そうした政府への反骨心で、**「もう絶対自分たちは自由にやるんだ」**っていうのもあったでしょうね。落語でも、風刺がきいているものも多いですし。

平賀源内《ひらがげんない》が面白すぎる

三宅　平賀源内《ひらがげんない》自身の話をすると、彼は香川出身の三男坊だったんだけど、長崎に遊学したあとに家督を放棄してフラフラ旅するようになったんですよね。最終的には江戸文化の中で、発明家をはじめとしたいろんな仕事で生計を立てるようになった。ちなみに生涯独身でした。

このような経歴だけ見ると、江戸時代における社会的マイノリティといえると思うんですが……文章を読むとカラッとした雰囲気だし、至るところで鋭く忍ばせる皮肉がうまい。

なんだかよくわからないけど、この人がエネルギー過多なのはよく

谷頭

わかる、という話が平賀源内《ひらがげんない》に関しては多くて、好きですね。平賀源内《ひらがげんない》は、いわゆるコピーライターの仕事もしていたんですよね。例えば歯磨き粉の広告のキャッチコピーを作っていて、その方面でも才能があったと。あと、今ではもう嘘だといわれているんですけど、「土用《どよう》の丑《うし》の日」は平賀源内《ひらがげんない》が作ったという話もあって。そういうことをやっていてもおかしくないよね、と思わせてしまうような人だったんだろうな、と。しかし、経歴だけ見ると本当にハチャメチャですごいですよね。ことごとく事業に失敗しているのがいいなあ。

三宅

そうなんです。だいたい借金まみれ。だからペンネームで「貧家銭内《ひんかぜにない》」なんて書いちゃう。平賀源内《ひらがげんない》は遊学後に**「俺はオランダ語や医学を学ぶことが楽しいから、もう絶対に家に戻らん」**と妹に婿養子をとらせて、俺は家から出るって言い切っちゃうんですよね。江戸時代にそんな人がいたんだな、とちょっと驚きですよね。

谷頭

香川から京都、長崎、大坂と移り続けて、最終的に江戸へ、という移動距離もすごい。本当ですね。しかも平賀源内《ひらがげんない》記念館のHPによれば、1764年に秩父で「石綿（アスベスト）」を発見ってあるけど、さらっとアスベストって見つけられるものなのか。その2年後には金山事業もやっていて、本当に謎。

三宅　あと、オランダの本を集めるのが好きだったらしいんですけど、本人は一切オランダ語の知識がなかったらしくて、集めるばっかりで全く読めなかった。そういうちょっと胡散臭《うさんくさ》いところも好き。

谷頭　博物学者みたいな感じですよね。いや、学者でもないのか。いずれにせよ、やばいオッサンだ。

三宅　そうですね。コレクターというか、**文系理系の知識どちらも備えたオタク**だなって思います。
でも菊之丞《きくのじょう》みたいな、美しくて人気の歌舞伎役者と深い仲になるくらい、モテるのもなんとなくわかるんですよね。やっぱりこういう人には、人が寄ってくる。

なぜ江戸文芸はこんなに自由なのか？

谷頭　平賀源内《ひらがげんない》はほかにもフィクションを書いていたんですよね。例えば『風流志道軒伝《ふうりゅうしどうけんでん》』は『ガリバー旅行記』にも似た冒険もので、言ってしまえば本当に**でたらめな作品ばかり**。でも平賀源内《ひらがげんない》だけでなくて江戸文芸は全体的にそうなのかもしれない。『東海道《とうかいどう》

三宅

中《ちゅう》膝《ひざ》栗《くり》毛《げ》』（p29）だって、言ってしまえばでたらめな作品だし（笑）。想像力が飛躍している。

そのときに思うんですけど、**江戸文芸が自由に見えるのは、江戸という世界自体が物理的に狭かった**ことがあると思うんです。当時の江戸の中心地って異常に狭いんですよね。幕府が定めた「朱引《しゅびき》」という江戸の範囲は、今の東京23区よりもだいぶ小さいし、人口が密集していたのは日本橋周辺の町人地で、すぐに歩ける範囲ぐらいで経済や文化が回っていました。

そう考えると、その範囲内だけに読者がいると想定すれば、どんなことをやってもOKとなったんだろうなとも思うんですよね。そこにはもちろん閉鎖性や排他性があるわけだけど、**江戸時代の都市や社会制度の閉鎖性自体が、風刺をやりやすくしていた**んだろうなと。

あとは、自分たちで全部やるみたいな人が多いですよね。平賀源内《ひらがげんない》も蔦屋重三郎《つたやじゅうざぶろう》もそうですけど、いろんなことを一人でやっている。明治時代以降の分業制度って、完成までにいろんな人を通すから絶対話し合いが必要じゃないですか。

例えば編集者がいたら、『根南志具佐《ねなしぐさ》』も**「これ八重桐《やえぎり》はラスト生かした方がい

いんじゃない」みたいなストップがかかることもあったかもしれないですよね（笑）。

谷頭 そう。明治以降の分業制だとどうしてもそうなってしまうんですよね。だから何でも自分でやる個人事業主が多かったからこそ、江戸文芸は内容としても自由に作れたのかもしれないなと思います。

三宅 天才のクリエイティビティを邪魔しないようなシステムが形成されていた、と言えるのかもしれません。

コンプライアンス的にアウト!?

東《とう》海《かい》道《どう》中《ちゅう》膝《ひざ》栗《くり》毛《げ》

『東海道中膝栗毛』1802-1809年に刊行された滑稽本。作者は十返舎一九。江戸神田八丁堀に住む弥《や》次《じ》郎《ろ》兵《べ》衛《え》と喜《き》多《た》八《はち》の江戸から京までの旅行記。好評を博し、20年にわたって続編が刊行された。

谷頭

"軽み"が効いた江戸文芸

僕がおすすめしたいのは、十《じっ》返《ぺん》舎《しゃ》一《いっ》九《く》『東《とう》海《かい》道《どう》中《ちゅう》膝《ひざ》栗《くり》毛《げ》』です。当時の文学には**「町人文学」**というジャンルがありまして、これは江戸時代のいわゆる一般大衆である「町人」が登場する作品群。書き手も一般大衆に近い人たちで、いろんな人に読まれた文学ジャンルの一つです。

その非常に代表的な作品がこの『東《とう》海《かい》道《どう》中《ちゅう》膝《ひざ》栗《くり》毛《げ》』。とても有名な作品なので、主人公の二人「弥《や》次《じ》さん」「喜《き》多《た》さん」の名前は知っている人も多いと思います。

大まかなストーリーは、**主人公の二人が江戸から伊《い》勢《せ》神《じん》宮《ぐう》まで「お伊《い》勢《せ》参り」の旅をする**というもの。江戸時代には「一生に一度は伊《い》勢《せ》神《じん》宮《ぐう》に参る」ことが憧《あこが》れだったんですよね。

ですから、この作品は、基本的に東海道の各宿場町《しゅくばまち》を舞台にした、一つずつのエピソードが連なっていくような構造になっています。例えば「小田原」や「藤枝」といった宿場町に彼らは逗留していくわけですけれど、その地その地で一つずつ話がある。その点でアンソロジー的な性格を持っている作品ともいえる。だから、小話を軽く読むぐらいの気持ちで読むこともできるので、江戸文芸を読む入りとしても面白いんじゃないかと思うんですよね。

でもこれ、今読むと、本当に「ひどい」作品なんですよね。この場で書けないような下世話なネタや、**コンプライアンス的に完全アウトな話が本当に多い**。例えば弥次《やじ》さん・喜多《きた》さんなんですが、基本的に若い女性を見ると、すぐ自分のものにしようとする。しかも卑猥《ひわい》な言葉をかけてセクハラするし。

三宅　本当にひどい。

谷頭　でも、不思議なのが、現代語訳で読んでいると内容的には「うわっ！」って思うんですけど、**江戸時代の言葉や町人文学が持っている独特の〝軽み〟**をこの作品から感じられるのも事実なんですよね。

例えば喜多《きた》さんが女性にセクハラをしている感じとかも、**すごく「カラッと」している**んですよね。実際はめちゃくちゃマズいことやっているんだけど（笑）。このあたりって、今はすごく言いにくいんだけど、なんというか、江戸文芸だからこそ存在を許されているような、感じも受けるんですよね。

僕がこうした古典文学について話すことが重要だなと思うのは、今ではコンプライアンス的に制限を受けるであろう表現、それは性表現にしても暴力表現にしてもなんですが、それについて、ただ禁止するのではなく、そういう**「人間の生々しさ」について話せる空間がそこに生まれる**と思うからなんです。それは、その文学が現在とは異なる言葉で書かれているからで、ある程度、距離ができるから。その意味でいうと、『源《げん》氏《じ》物《もの》語《がたり》』を学校で扱っているヤバさってあるわけですよ。あれだって起こっていることとしては完全にアウトなわけで、でも、そうした「生々しさ」は、やはり文学を読む際には欠かせなかったりする。

それが、僕が思っている「古典を読む面白さ・楽しさ」の一つでもあって。そんなわけで、今回はそれを凝縮した作品として『東《とう》海《かい》道《どう》中《ちゅう》膝《ひざ》栗《くり》毛《げ》』を紹介してみたかった。

三宅さんも昔、『（萌えすぎて）絶対忘れない！　妄想古文』（河出書房新社）という本を出されていましたけど、そこではページの都合上もあって近世文学は触れられなかったとおっしゃっていましたね。

三宅　そうなんですよ。平安時代までしか扱えなかった。

キレッキレ！　江戸のパロディ文化

三宅　私は江戸文芸だと、パロディ文化が花開いたところが好きです。十返舎一九《じっぺんしゃいっく》の作品も、本質的には**「権威を面白がる軽さ」が魅力**だと思うんです。いろんな古典的文化をパロディにして敷居を下げたり、あまり深く考えずに「言葉のノリ」だけでオマージュを書いてしまった作品も多い。

例えば江戸時代には『伊勢物語《いせものがたり》』（p60）パロディとして、『仁勢物語《にせものがたり》』という作品があったんです。タイトルからして「伊勢《いせ》」と「仁勢《にせ》」なのですが、『仁勢物語《にせものがたり》』は『伊勢物語《いせものがたり》』の一言一句をおかしくパロディしていくんですよ。「難しい古典文学を面白がってるやろ」と、**読んでいるこちらまで肩の荷が降りる。**

だって『仁勢物語《にせものがたり》』の冒頭、これですよ。

「をかし、男、頰被《ほほかぶ》りして、奈良の京、春日《かすが》の里へ、酒飲みに行きけり」
(おもしろ男が、ほっかむり姿で、奈良の都である春日の里に、酒を呑みにいった)

ちなみにこれは『伊勢物語《いせものがたり》』のこんな冒頭をパロディしたものです。

「むかし、をとこ、初冠《ういこうぶり》して、奈良の京、春日《かすが》の里に、しるよしして、狩《かり》にいにけり」
(昔、男が、元服《げんぷく》して、奈良の都である春日の里に、領地を所有する縁あって鷹狩《たかがり》にいった)

こんな感じで一文一文始終ずっとパロディし続けるんですよ。『源氏物語《げんじものがたり》』や『伊勢物語《いせものがたり》』って、おそらく江戸以前だったら茶化《ちゃか》すことができなかった、権威ある作品だったわけじゃないですか。そういういわゆる「上方《かみがた》の貴族たちが読む偉い古典」をどんどんパロディ化して「町人文化」として笑えるようにする、身近にする。この時代は、**社会の権威をおちょくって笑えるものにするセンスが、本当にキレッキレ**で。現代の私も読んでいて面白いんですよね。

特に十返舎一九《じっぺんしゃいっく》のキレッキレ度合いって本当にすごいと思う。センスの塊《かたまり》だな、って。

谷頭 わかります。

三宅 山東京伝《さんとうきょうでん》なんかも、書いている皮肉や言葉自体の切れ味がかっこいい。当時、歌舞伎をはじめとして江戸文化として花開いたものはたくさんありますけど、文芸の世界でも、言葉の扱い方のセンスが、江戸時代で大きく花開いた印象はありますよね。平安文学の情緒《じょうちょ》とはまた違う、粋で、ダサくない、都会的なセンスがここで生まれた。**平安が「エモさ」を文学にしたとすると、江戸は「垢抜け」を文学に持ち込んだ。**

谷頭 狂歌《きょうか》もそうですよね。俳句よりも「時勢を批評する」という文脈を持ったジャンルもありますけど、作品の前にペンネームがもう面白い。「頭光」で「つむりのひかる」という人がいて、彼は若禿《わかはげ》だったからこのペンネームにしていたらしい。あとは「宿屋飯盛」で「やどやのめしもり」。彼は宿屋を営んでいたからこの名前だけど、そのまんまじゃんっていう（笑）。

三宅 わかります。「春画《しゅんが》」を描いている人たちのペンネームもすごいですよ。葛飾北斎《かつしかほくさい》のペンネーム、晩年に使っていた「画狂老人卍《がきょうろうじんまんじ》」も面白いけれど、春画《しゅんが》を描くときのペンネームは「鉄棒ぬらぬら」。下ネタすぎるだろう。

谷頭 平和だったんでしょうね。

三宅 江戸時代には、こうした「パロディ文化」が花開いては、弾圧・検閲を受けるという流れが何度も繰り返されたんですよね。つまり、**権威を面白がることが、政治への抵抗の一つだった**のでしょう。

谷頭 さっきも話したけれど、山東京伝《さんとうきょうでん》も手鎖50日の処罰をうけていて。

三宅 作家は案外、当時の政権からひどい扱いを受けている。

パロディだけど解像度高すぎ

谷頭 パロディ文化に関していえば、『東海道中膝栗毛《とうかいどうちゅうひざくりげ》』も1話ごとの終わりに狂歌《きょうか》がついているものが多い。毎回ではないんですけど、弥次《やじ》さん喜多《きた》さんのどちらかが狂歌《きょうか》を詠んでいて。

これはある種、妄想含みで考えたんですけど、これって**形態的には『伊勢物語《いせものがたり》』のような歌物語と非常に近い**んじゃないかと。一つのエピソードがあって和歌で締める、あの形式。それが『東海道中膝栗毛《とうかいどうちゅうひざくりげ》』では、パロディ化・低俗化された形で物語が進んでいって、狂歌《きょうか》で締めるという形式になっている。

だから表向きは大衆向け作品なんだけれど、奈良・平安時代からの文芸の伝統が確かに息づいている作品だなと思いますし、そもそも狂歌《きょうか》のレベルが高いんですよね。非常にうまいこといっている。

三宅　昔の人って記憶力が良かったのかな。『伊勢物語《いせものがたり》』や『源氏物語《げんじものがたり》』にしても、パロディをするには、元ネタがちゃんとわからないと楽しめないわけじゃないですか。元ネタの古典文学をよくここまで覚えているな、といつも感心します。

ほかにも、江戸時代に流行した香道の文化に「源氏《げんじ》香」というものがありまして、『源氏《げんじ》物語《ものがたり》』の巻になぞらえて香りを当てるようなゲームです。これもそもそも『源氏物語《げんじものがたり》』の巻の名前を覚えていないと成立しない。

パロディで茶化すにしても、古典文学の知見や理解が深かったんだなと感じます。

谷頭　**今の「推し文化」に通ずるところもありますよね。**今のアニメ・漫画ファンの人も、「何巻の何ページの何コマ目」みたいなところまで覚えていることもあるし。

三宅　言われてみればそうかも。私もオマージュとか出たら、すぐ言いたくなる。

谷頭　それに、そこまでオタク的でなくとも、今でも例えば、ちょっと通向きの映画・文芸作品で、「あっ、このシーンって、あの映画のオープニングを真似ているんだな」みたいなことがわかること、わりとあるじゃないですか。そういう意味で、江戸文芸のパロディにおける元ネタへの理解度のようなものは、今でも息づいているんだと思う。江戸時代はとりわけそのレベルって高いなあと思いますよね。

三宅

江戸時代には、有名な古典以外にも「黄表紙《きびょうし》」や狂歌《きょうか》みたいに、まだまだ世には知られていない、とても面白い作品がいっぱいある。そういったマイナーな江戸文化を掘る会やりたいなあ。私自身江戸時代の文化はあまり詳しくないので、純粋に知りたい。

谷頭

わかります。黄表紙《きびょうし》や狂歌《きょうか》って、いわゆる「古典のちゃんとした文献」として重要視されていな

いこともあるから、訳されていないものもあって、読むにはもう原典をあさっていくしかないこともけっこうあるんですよね。でもそういうものをいろいろ発掘して、紹介したら絶対面白いなと思いますよね。

三宅　上田秋成《うえだあきなり》の怪談も面白いですし、パロディという名の元祖二次創作文化もあるわけですし。現代日本カルチャーに直結する面白さを持つ作品がたくさんある。

谷頭　いや本当にそうですね。SFっぽい作品もありますしね。あ、そういえば『東海道中膝栗毛《とうかいどうちゅうひざくりげ》』の弥次《やじ》さん・喜多《きた》さんも、ある種の恋愛関係だったっていうのも有名な話ですしね。

三宅　あとは江戸時代って、文芸とそのほかの文化が連動していたりしますよね。例えば文芸が、絵画や演劇の世界とも絡《から》んでくる。

谷頭　そうですね。**今でいうCMやチラシみたいなものと文芸がタッグを組んで、非常に質の高い商品宣伝文みたいなのを書いていることもある。**先ほど話した平賀源内《ひらがげんない》もそういったことに関わっていたようですよね。それに蔦屋重三郎《つたやじゅうざぶろう》も、そういった文化のプロデューサーとして君臨していた。江戸時代の文芸は、カルチャーとしてさまざまな広がりを持っているという意味でも魅力的だと思います。

コラム

奥の細道

芭蕉の足跡をたどってみた！

『奥の細道』 俳諧紀行文。作者は松尾芭蕉。1702年刊。1689年3月に門人曾良を伴って江戸を出て、奥州・北陸を巡って大垣に至り、伊勢に向かうまでの旅の記録。すぐれた発句《ほっく》を収める。

今回は江戸文芸にまつわる場所を訪れながら語っていこうということで、芭蕉《ばしょう》ゆかりの地である東京都江東区の「芭蕉《ばしょう》記念館」へ行ってきました。芭蕉《ばしょう》の一生をたどることで、どんな古典の面白さが見えて来るのでしょうか――

家を3回再建した芭蕉《ばしょう》

三宅 芭蕉《ばしょう》は1680年に、日本橋小田原町から深川の草庵《そうあん》へ移り住んだ。もともと芭蕉《ばしょう》は日本橋に住んでいたんですね。貴族じゃないか。

谷頭 なんかこの頃だと、みんな日本橋に住んでいますよね。たぶん三越《みつこし》とかのお店があった裏手に、住む場所がいっぱいあって。深川もその辺ですね。

三宅 じゃあ俳句に専念するために深川へ来た、ってことですか。

谷頭 たぶん。深川は物寂しい土地だったようです。

三宅 ちょっとこれ、考えさせられますね。芭蕉《ばしょう》は同業者の群れから一人になるために、川のそばに来たわけですよね。初期からの弟子だけを連れて。その決断が『奥の細道』を生むわけで……。つまり、同業者と群れていたら『奥の細道』はできなかった。

谷頭 初期メンとずっとやっていけるの、すごいですけどね。

三宅 人徳があるんだなあ。あ、『貝おほひ』だ。これは上方で俳諧活動を行ったときに作成し、寛文12年に伊賀上野天満宮に奉納した発句集なんですよね。大学で読みました。懐かしい。

谷頭 そのあと江戸に出て来てからは、上水工事関係の仕事に関わっていたんですもんね。芭蕉《ばしょう》も水道局のおっさんだと思うと、ちょっと面白い。そんなこんな言っているうちに、第一の芭蕉《ばしょう》庵は焼けましたけどね。

三宅 ああ、有名なお七《しち》火事ですね。「隅田川を

越えて、深川にも」というと、かなりの火事ですよね。こんな小さな芭蕉《ばしょう》庵はもうひとたまりもないですわ。

谷頭 あ、でも再建計画立てとる。人びとが芭蕉《ばしょう》さんの家再建のためのクラウドファンディングをしていたんですね。第二次芭蕉《ばしょう》庵は第一次芭蕉《ばしょう》庵と同じ場所にあったんですって。

三宅 そうなんだ。この場所、気に入っていたんだね。深川、気持ち良いところですもんね。

谷頭 第二次芭蕉《ばしょう》庵が焼けたあとに旅して『野ざらし紀行』を書いています。教科書に載っている「古池や蛙《かわず》飛びこむ水の音」は第二次芭蕉《ばしょう》庵で詠まれたんですね……。

三宅 その約1年後（1687年）には門人の曾良《そら》たちと『鹿島《かしま》紀行』の旅に出て、さらにその年の10月には『笈《おい》の小文《こぶみ》』の旅に出て、『更科《さらしな》紀行』の旅から戻ってしばらく静かに過ごしていたと。で、やっと隠居に入るかと思いきや、また旅に思いを馳せるようになっています。

谷頭 そしてついに第二次芭蕉《ばしょう》庵を人に譲って『奥の細道』の旅に出たと。

三宅 45歳で家を譲って『奥の細道』の旅に出るの、けっこう元気ですよね。体力がすごい。旅中毒だなあ。

谷頭 帰ってきてから、第三次芭蕉《ばしょう》庵を再建したんですね。めっちゃ作り替えてるやん。

その後、芭蕉《ばしょう》の俳境「かるみ」への志向が明確になっていった。享年51歳。旅の途中で亡くなっていますね。

芭蕉《ばしょう》の旅の理由を妄想する

三宅　ところで、芭蕉《ばしょう》ってなんでこんなに旅していたんでしょうね。異様な旅行量ですが。旅しないと歌を作れない、みたいな感覚があったのかな。

谷頭　極度の移動型人間だったのかも。

三宅　ここに芭蕉《ばしょう》が書いた原文で俳文の『幻住庵記《げんじゅうあんのき》』がありますが、こうやって芭蕉《ばしょう》が書いた字を見ていると、なんかけっこう神経質な人なんじゃないかと思いませんか。「終《つい》に無能無才にして此《こ》の一筋につながる」とか書いてますが、字が細かい。

谷頭　ああ、そうですね。すごく細かい字ですね。

三宅　私の中で今「芭蕉《ばしょう》は『気い遣い』だったんじゃないか説」が、出ている。つまり他人から逃れるために旅に出ていたのではないか。川のあたりにそっと住みたいのに、他人がたくさんやってくると、おちおち川の空気も楽しめない。そうなると旅したくなる。「なんかちょっと人疲れすると無理になって旅に出る」みたいな感じだったのでは。妄想ですけど。

谷頭　うわ。芭蕉《ばしょう》の移動した地図見てください。旅してるな〜。

三宅 移動は全て徒歩ですもんね。元気!!

谷頭 芭蕉《ばしょう》は忍者だから隠密のため旅をしていたっていう説が。

三宅 いや、私は人疲れ説を推したい(笑)。

谷頭 東北地方から北陸を南下して岐阜県大垣まで行く、155日間2400キロの旅だった。ということは、1日15~16キロ。45歳から始めて俳句を作りながら。すごすぎますね。あれ、でもペース的にいうと俳句を詠んだのは3日に1首なんだ。

三宅 歌枕ごとに俳句を作る、って決めていたのかなあ。

谷頭 「1日1首作る製造機」みたいにはやらなかったんですね。

三宅 3日間で45キロ歩いて、1首つくるのかー。

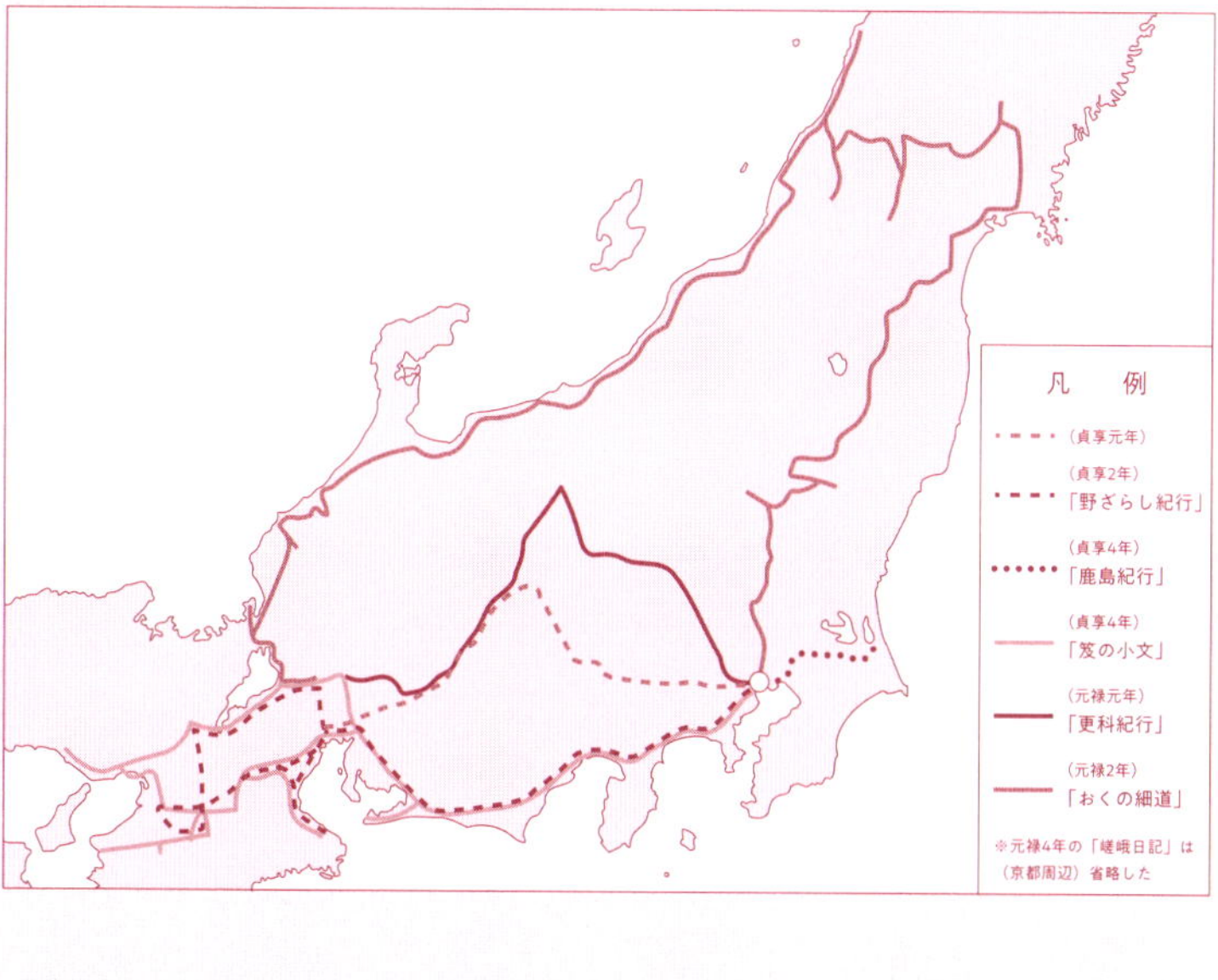

谷頭　確かに。あ、ここに芭蕉《ばしょう》像がありますよ。あの履物《はきもの》見てくださいよ。草鞋《わらじ》って履くだけですごく痛いと思うんですよね。当時は道も整備されてなかっただろうし、たいへんだったでしょうね。

三宅　山道とかどうやって登っていたんだろう。善光寺《ぜんこうじ》へ行くあたりとか、本当にこんな軽装備で登山できたんだろうか。雪が降る地方もあるのに。今あんな格好をしていたら、「気軽に雪山へ行くな」って怒られるやつですよ。

谷頭　携帯用の筆記用具「矢立《やたて》」も展示されていますよ。

三宅　すごい適当な装備だ。ここまで軽装だと、書いたものを雨や雪でだめにしちゃいそう。

谷頭　「なくした！」って絶対あったと思う。

三宅　傑作だと思った俳句の紙を預けといたら、弟子がなくした、とかね。ありそう。

谷頭　破門ですね……。

三宅　でも彼は旅の先々で俳諧を教えていたんですよね。旅を通して弟子を増やしていった、ともいえます。なるほど、芭蕉《ばしょう》にとって、旅は俳諧《はいかい》のリクルーティング活動でもあったんだ。

そういえば私、最近学校に呼ばれて講演することが増えたので、そのたびに「今は作家になりたい人が多いけど、評論家は若い世代にあんまりいないから、ライバルが少ない。だからみんな評論家を目指そう！」と言いまくっていて、評論家リクルーティングをよくやっているんですよ。芭《ば》蕉《しょう》もそうだったのかもしれないと思うと、勇気づけられますね。

谷頭 芭《ば》蕉《しょう》が「みんな和歌とかやりたいと思っているかもしれないけど、和歌はライバル多いよ」って？

三宅 そうそう。「新しい時代は俳《はい》諧《かい》だ」って。芭《ば》蕉《しょう》って、創作のために旅するとか、懇意の弟子をつれていくとか、自分がどうすれば創作意欲が湧くか、理解しているのが偉い！　そしてやっぱり世の中リクルーティングが大事ですね。

谷頭 結論そこなんですね（笑）。

第２章

物語のはなし

日本最古といわれる物語は「大喜利」!?

竹《たけ》取《とり》物《もの》語《がたり》

『竹取物語』 作り物語。作者未詳。9世紀末～10世紀初め頃の成立とされている。竹から生まれたかぐや姫が月へ帰るまでが描かれる。かぐや姫の生い立ち、5人の貴公子と帝の求婚、かぐや姫の昇天の3つの部分から成る。

ルーツは神話にある？

谷頭

前回は現代に近い時代を扱ったので、今回は一気に時代をさかのぼってみましょうか。『竹《たけ》取《とり》物《もの》語《がたり》』は平安時代初期成立、「日本最古の物語」「物語のいでき始めの祖《おや》」といわれている作品ですね。でも改めて読み返すと、「物語」なんだけど、それ以前に生まれた「神話」と近似する点があるのが興味深いと思った。

例えば『古事記《こじき》』の中では、「昔こういうことが起こったから、今これがある」というように、**話の中のある出来事が、現在の地形や言葉の由来を説明するものになっていることがある**わけですが、これが『竹《たけ》取《とり》物《もの》語《がたり》』でも起こっている。最後の富士山の名前の由来を説明するくだりは有名ですよね。帝《みかど》が不死《ふし》の薬を焼くために登った山だから「富士山《ふじさん》」になったという話。[1]

物語とはいえ、神話とのつながりもあるのが興味深いなと。

三宅

ほかの作品との接点でいうと、地名の元ネタ話でいえば、奈良時代の『風土記《ふどき》』は、地名の由来を語る文章をたくさん収録している。

実は『万葉集《まんようしゅう》』にも『竹取物語《たけとりものがたり》』の元ネタと呼ばれているものがあります。『万葉集《まんようしゅう》』には複数の歌をまとめて一つの物語を作っていく「歌群」というジャンルがあるんですけど、その中に「竹取の翁《おきな》の歌群」がある。でもこの歌群自体も、中国で書かれたある伝説をもとにしていて、それを和歌で翻案《ほんあん》し直したもの。それがまた平安初期に物語として翻案されて、残ったのが『竹取物語《たけとりものがたり》』です。

だから『竹取物語《たけとりものがたり》』は「日本最古の物語」といわれるけど、**神話、和歌や漢詩・漢文の世界も含め、前の時代にルーツを持っている**んです。一般的には単に「かぐや姫の物語」というフィクションとして認知されていると思うけど、そうしたつながりを知ると、より理解が深まります。

もちろん『竹取物語《たけとりものがたり》』という物語になったときに初めて表現される、緻密《ちみつ》な登場人物の心情もあるのですが。

谷頭

そうですよね。

複数人で継ぎ足して書かれた？

三宅　『竹取物語《たけとりものがたり》』は構造が単純じゃないところも面白いです。一般的には物語というと、全体で一つの起承転結《きしょうてんけつ》があるものだと思いがち。でも『竹取《たけとり》物語《ものがたり》』は、いろんな物語が継ぎ足されてできている印象がある。
例えば、五人の皇子がそれぞれかぐや姫に求められた品を探しに行く場面。これも、いわば**「大喜利《おおぎり》」みたいに、お題に対して「次はこういう話はどうだろう」という提案の連続で書き足されていった**んじゃないか……と私は妄想しています。作者がそれぞれ違っても驚かない。竹取《たけとり》の翁とのやりとりと、皇子に「火《ひ》鼠《ねずみ》の皮衣《かわぎぬ》を持ってこい」というくだりでは、テンションが全く違う印象を私は持っています。

谷頭　わかります。**かぐや姫の描写自体も、初めは感情が感じられなくて人物をつかみにくいんですが、最後になるとすごい人間らしくなる印象がありますよね。**だから書き足し、書き直してできたというのも納得がいく。

三宅　例えば『源氏物語《げんじものがたり》』は、紫式部《むらさきしきぶ》が持っている価値観・人間観が、ある程度一貫して見える気がするんですよね。でも『竹《たけ》取《とり》物《もの》語《がたり》』は、もともと中国や日本の説話をさまざまに組み合わせたものだからというのもあるけれど、複数人が書き足した印象があります。そういう意味で、**昔の二次創作集といえるかもしれない**ですよね。

実際、『竹《たけ》取《とり》物《もの》語《がたり》』は、中世に入ってから、写本で伝達しているうちにさまざまなバージョンが生まれたようなんです。

例えばかぐや姫が**「竹林のウグイスの卵から出てきた」バージョン。まさかの竹から生まれていない**。これはかぐや姫が最後に昇天するから鳥のイメージにつながって、それで卵から出てくることになった。ほかにも、室町時代には、「かぐや姫が一度帝の妃《きさき》になる」

バージョンもある。かぐや姫が妃になって、昇天したり若死にしたりするんですよ。いやいや帝の妃になると、かなり話が違ってしまうじゃないか、と私なんかは思いますが。かぐや姫は、誰のものにもならないお姫様だったはずなのに。でも、こうしてさまざまな写本バージョンを読み比べていくと、「かぐや姫像」がかなりぶれているのがわかります。室町時代バージョンだと、帝に対する忖度《そんたく》を感じてしまいますね……。

紫式部が「物語のいでき始めの祖《おや》」と書いた理由

谷頭　なるほど。ちなみに僕は池澤夏樹《いけざわなつき》編の『日本文学全集』で読んだんですが、それが森見登《もりみと》美彦《みひこ》訳ですごく読みやすかった。言われてみれば、森見登美彦《もりみとみひこ》さんの小説も、基本的に一人〝姫〟がいて、それに男子たちが振り回されたり振られたりする話だから、似ていますよね。

三宅　それに森見《もりみ》作品って男女の関係が生々しく描かれなくて、むしろファンタジックに面白く書かれている印象がある。同様の印象を『竹取物語《たけとりものがたり》』にも受けるなあ。なんだかんだ言って**振られた皇子たちも特にかぐや姫を恨んでなさそう**で、全体的にカラッ

谷頭　としている。確かに『源氏物語《げんじものがたり》』的な湿っぽさはあまりない。個人的には、**「こんな痛い目にあうんだったら、姫なんていいや」みたいな、思いをスパッと断ち切る皇子のエピソードがとても好き**なんですよね。

三宅　でも失恋の恥ずかしさのあまり、山に入っちゃった皇子もいましたよね。かぐや姫のことをかなり逆恨みして、「あいつは人殺しだ」みたいに言っている人も出てくるし。おそろしや。

谷頭　それぞれ違いますよね。結局時代を越えて、男性が女性に振られる話がみんな好きなのでしょうかね。

三宅　そうなのかも〜。『竹取物語《たけとりものがたり》』って、世界的に見たら変な物語だと思うんですよ。女性の地位が低かった平安時代において、姫が皇子たちにひたすら難題を振って、そのうえ最終的に月に帰っていってしまう。でも**日本文学って、男が女に振られて泣かされて、という話がものすごく多い**。近代以降も「女に振られる男」って夏目漱石《なつめそうせき》などがよく書いているパターンですし、日本で好まれてきた物語形態なのかもしれません……。紫式部《むらさきしきぶ》も『竹取物語《たけとりものがたり》』を「物語のいでき始めの祖《おや》」といっている理由がわかってきた。

単純に「悲恋」のお話だったら、シェイクスピアをはじめとして海外にもありますが、家の格差のように、外的要因で恋が実らないことの方が多い印象がある。日本のように素朴に、単純に、男が振られる話は少ない気がする。

谷頭　海外の神話でも、婚姻関係まで結んで家族ができるところから話が膨らんだりするんだけど、『竹取物語《たけとりものがたり》』の場合はそれ以前の段階でうまくいっていない。

三宅　これはもう私の雑な印象論なので、話半分に聞いてほしいのですが……日本の文学や漫画って、好きになった理由もあまりちゃんと描かれなければ、つき合ったあとの話も描かれていないことが多いなあ、といつも思うんです。結局、**日本では、片思いが一番物語になる**。だとすれば、『竹取物語《たけとりものがたり》』はその物語構造の元祖のような気がしてきました。

かぐや姫って、最終的に帝のことも強く拒絶するじゃないですか。かぐや姫に惹かれる帝に対して、「いや、会いません。もう殺してくださっていいので」とまで言ってしまう。帝って当時の最高権力者なのに、帝に対してこんなに強気な態度って珍しいし、「かぐや姫って何者？」と思ったんです。

誰が書いたか妄想してみる

谷頭　そう思うとやっぱり一体誰が書いたんだろう、って思いますよね。一人に特定できないというのが正しいのでしょうけど。最初に書かれたとき、一体どういう人物が、何を思って書いたのか。興味深いですよね。

三宅　**紫式部《むらさきしきぶ》が『竹取物語《たけとりものがたり》』に強く惹かれたのも、帝を振るところだったんじゃないかと思えてきました（笑）**。私もそこに痺《しび》れたなあ。うーん、でもその話を「物語のいでき始めの祖《おや》」と言った紫式部《むらさきしきぶ》もすごい。

谷頭　確かに『竹取物語《たけとりものがたり》』を「物語のいでき始めの祖《おや》」というのは、紫式部《むらさきしきぶ》視点の文学史観ではありますよね。
紫式部《むらさきしきぶ》からすると、男を振り回したあげくに、帝も振ってしまうかぐや姫が、ある種女性が主体的に動けているように見えたのかもしれませんよね。それゆえに、彼女なりの文学史観として「いでき始め」と位置づけていたのではないかと。

三宅　やっぱり、**文学史って基本的には誰かのバイアスがかかっているもの**なんです。学校や一般の常識として習う文学史も特にそうで、『竹《たけ》取《とり》物《もの》語《がたり》』も本当はいろんなルーツや面白さをはらんだ作品なのに、学校で習うだけでは読みの可能性が狭められていて、本来の面白さまでたどり着けないことがよくある。なので文学史のバイアスに気がつくことができると古典をより深く楽しめると思うし、逆に**自分なりの文学史を持つということもいいんじゃないか**と思うんですよね。

ちなみに『竹《たけ》取《とり》物《もの》語《がたり》』の作者って、一人ではないにせよ、男女どちらだと思います？

谷頭　僕は男なんじゃないかなって気がする（笑）。僕自身が森《もり》見《み》登《と》美《み》彦《ひこ》さんの訳で読んだのも大きいかもしれませんが、五人の貴公子が振られて情けない感じとか、格好悪いくらい必死になっている描写は、いかにも男側から書いた描写に思えました。

三宅　確かに男性だったら面白いな。古典の授業でもよく、平安時代には物語は女性と子どもが読むもので、そのためにひらがなが生まれた、と教わるのですが。そうすると『竹《たけ》取《とり》物《もの》語《がたり》』も、女性が主な読者だったのでしょう。でも、意外と男性が、それこそ森《もり》見《み》登《と》美《み》彦《ひこ》作品みたいに「とほほ」なテンションで考えていたら面白いなあ。

さまざまな文化の原点？

三宅　書き手や読み手の環境もそうですが、『竹取物語《たけとりものがたり》』って結局すごく変で不思議なところがたくさんある作品であることが今回よくわかりましたよ！

谷頭　でもこういうものから物語の創作が始まっていったのでしょうね。

三宅　そうそう。**SFであり、恋愛ものでもあり、ハーレムものでもあり、いろんな作品のルーツ。**

谷頭　一般的な文学史でいうと、『竹取物語《たけとりものがたり》』は「作り物語」といってフィクション性の強いジャンルに分類されていて、一方で『伊勢物語《いせものがたり》』のように物語と歌がミュージカルのように進行する「歌物語」という作品群も平安期に生まれた。そしてその両者の流れが結合して『源氏物語《げんじものがたり》』が生まれたというふうにいわれています。そういう意味でも『竹取物語《たけとりものがたり》』は文芸フィクションとして優れているわけですが、それ以外の評価もできそうですよね。

三宅　**現代の、アニメ文化・オタク文化に通じるものがある**気がしますね。

谷頭　確かに、アニメーション的なのか。実際高畑勲《たかはたいさお》によってアニメーション映画化もされていますしね。

三宅　『竹《たけ》取《とり》物《もの》語《がたり》』はもっと翻案されてもいいんじゃないかと思います。それこそアニメやいろんな訳で翻案、もっと言えば二次創作されてもいいんじゃないかと。

谷頭　確かに、アニメキャラとしてもうまく造形できそうですよね。

三宅　「エヴァンゲリヲン」シリーズの庵《あん》野《の》秀《ひで》明《あき》監督が翻案した『シン・かぐや姫』とか観てみたい。ジブリで高畑勲《たかはたいさお》がフェミニズム的な文脈で翻案した『かぐや姫の物語』も非常に画期的でした。

谷頭　アニメヒロインの条件の一つに、容易に自分の思い通りにならない人物、簡単にいうと**「手の届かない人物」、というのがある**と思うんですよね。かぐや姫はぴったりかもしれません。「絵が動く」という意味においては『鳥獣戯画《ちょうじゅうぎが》』が元祖といわれているけれど、アニメの面白さは「絵が動く」ことだけではなく、物語やキャラの類型にも紐《ひも》づくものだし、そういう意味で**アニメヒロインの元祖＝「かぐや姫」かも。**最初の方に『竹《たけ》取《とり》物《もの》語《がたり》』が複数人による大喜利・二次創作の集合体のような性質を持つという話をしましたが、その点も今のアニメ文化と接点がありますよね。二次創作がたくさん生まれて、その作品の領域が膨らんでいく。『竹《たけ》取《とり》物《もの》語《がたり》』だけでなく、古典文学が二次

三宅　創作的な側面を持っていますし。『平《へい》家《け》物《もの》語《がたり》』（p94）もそうですよね。そうした翻案のしやすさが、残りやすさの一つでもある。

1　「使者が「士（つわもの）らを大勢連れて山へ登った」ことから「士に富む山」、「富士山」になったという説」もあるそう。

少女漫画の原型がここに

伊《い》勢《せ》物《もの》語《がたり》

『伊勢物語』 平安時代前期の歌物語。11世紀以降に今の形になったとされる。作者未詳。和歌を中心に構成された125段から成る。在原業平を思わせる男を主人公として、一代記のような形をとり、王朝貴族の恋愛模様が描かれている。

三宅

まるでミュージカル？

私がおすすめしたいのは『伊《い》勢《せ》物《もの》語《がたり》』です。私、この作品が本当に大好きなんですよね。高校生のときに『伊《い》勢《せ》物《もの》語《がたり》』が好きで、そこから国文学をやりたいと思って、大学で文学部に進学することを決めたくらい。

『サラダ記念日』（河出書房新社）で有名な歌人・俵《たわら》万《ま》智《ち》さんが『恋する伊《い》勢《せ》物《もの》語《がたり》』（筑摩書房）という解説本を出していて、それがとても面白いんです。私が『伊《い》勢《せ》物《もの》語《がたり》』に触れたきっかけもこの本でして。**『伊《い》勢《せ》物《もの》語《がたり》』は、歌物語に分類される作品。〝和歌〟と〝物語〟がどちらも入っている**んです。高校時代、『恋する伊《い》勢《せ》物《もの》語《がたり》』を読んでから、次に『伊《い》勢《せ》物《もの》語《がたり》』の原文・現代語訳も読んだら、『伊《い》勢《せ》物《もの》語《がたり》』自体も好きになった。とても短いから、原文も読みやすいんです。いまでもやっぱりいい作品だなと思う。

なぜ好きかというと、**少女漫画の原型が全部あそこに詰まっているからね。**

谷頭 なるほど。

三宅 私は文学以外に少女漫画やミュージカルがとても好きなんですが、そういったジャンルの特徴って**「主人公のポエム」**が出てくるところだと思うんです。

少女漫画では、物語が進行する途中で、例えば心の中のモノローグで「なんであの人のこと好きなんだろう」と言う。あるいはミュージカルでも、盛り上がったところで「なんで俺はこんな運命なんだ」と歌ったりする。『伊《い》勢《せ》物《もの》語《がたり》』もこれと完全に同じ。

『伊《い》勢《せ》物《もの》語《がたり》』は恋愛物語がたくさん詰まったアンソロジー・恋愛物語集としての性格を持つ一方で、**その物語の合間に和歌で自分の心情や伝えたい思いを綴《つづ》っている。**この後者の側面がまさに少女漫画の主人公ポエムの原型でもあり、またミュージカルでいえば物語と歌が同時並行するような形式の原型でもあると思うんです。自分の好きなもののルーツが、実は『伊《い》勢《せ》物《もの》語《がたり》』にあるんじゃないかって。

谷頭 ほほう。では三宅さんの今の活動や古典好きのルーツが『伊《い》勢《せ》物《もの》語《がたり》』にあるともいえるんですね。

三宅 そうなんです。古典を読むようになったきっかけは、中学3年生の頃に読んだ氷《ひ》室《むろ》冴《さえ》子《こ》さんの『なんて素敵にジャパネスク』（白泉社）なんですが、それが平安時代を舞台にしたコバルト小説なんですよね。氷室《ひむろ》さんも作品を書くにあたって古典を元ネタとして参照したとおっしゃっていて、それを読んで古典に興味を持ったんです。で、そこから一番好きな古典になったのが『伊勢物語《いせものがたり》』だった。本当に自分のルーツにあるような作品なんですよね。

平安のお姫さまの「あざとさ」

谷頭 『恋する伊勢物語《いせものがたり》』は実は、教科書にも採録されているんですよ。確か「芥川《あくたがわ》」の段だったかな。

三宅 嬉しい。「芥川《あくたがわ》」は特に好きなんですよ。

谷頭 典型的なラブストーリーではありますよね。序盤の流れとしては、まず男がいて、思いを寄せている女性がいるんだけど、家柄の違いから成就しそうもなくて、駆け落ちをする。表現としては「盗み出す」と書かれているので、女性と両思いだったかどうかはわからないんですけどね。

で、**女性を家から連れ出して、夜を過ごすために蔵に入るんだけど、実はその蔵には鬼がいて、女が食われてしまった**、という話が「芥川《あくたがわ》」です。

実は僕、初めはその良さがわからなかったんですよね。中高生時代に授業で学んだときや、教員になった初めの頃は「芥川《あくたがわ》」が有名だからやっているだけだったので。

でも最近になっていいなと思ったのが、**連れ出される女性がちょっと「あざとい」**ところ。その女性ってかなり位が高い家柄の人で、いうなれば「深窓《しんそう》の令嬢」なんです。

三宅

その女性は「藤原高子《ふじわらのたかいこ》」がモデルといわれていて、当時のいわばお姫様。そのお姫様が、植物についた露《つゆ》を見て男に「あれは何？」と尋ねる。それで男も「あ、こんな露《つゆ》も見たことない女性を、自分は外に連れ出してしまったのか」と思い知ったはず。

谷頭

でも本当に初めて見たんだろうかというか、それってもはや演技とも思えるんですよね。僕はその女性のあざとさが面白いなと感じたんですよね。もちろん本当に露《つゆ》のことを知らなかったのかもしれないし、わからないですけどね。いくら深窓の令嬢でもそんなことないだろう、って思っちゃって。

三宅

でも実際、主人公の男性にぶっ刺さっちゃう。「芥川《あくたがわ》」の章では、最後に和歌として「白玉か何ぞと人の問ひしとき露《つゆ》と答へて消えなましものを」と詠む。つまり、「『あれは何、白玉（＝真珠）かしら』って聞かれたときに、『露《つゆ》だ』と答えて、俺も一緒に露《つゆ》となって消えてしまえたら良かったのに」と。

……つまり、**男にとって、姫のもっとも思い出に残るひとことが、白玉を知らない、白玉をみて「あれは何？」とつぶやいたことだったん**ですよ！「あれは何？」、ぶっ刺さっちゃってる。ズッキュンですよ。

谷頭

そうそう。「こういう女子いるな」と考えると面白いなって思った記憶があります。

三宅

私も「芥川《あくたがわ》」を読むたび思い出すことがあるんで

すけど、話していいですか!? 高校の部活にめちゃくちゃ可愛くてモテる先輩がいたんですよ。私がその先輩に恋愛相談をしていて「彼氏と公園とか行っても、話すことなくないですか」みたいなことを尋ねたんです。そしたら彼女が言ったんですよ。「四つ葉のクローバーとか探しとけばいいんだよ」と。すごくないですか!? 「芥川《あくたがわ》」を素でやっている先輩でした！ ほんと、「芥川《あくたがわ》」を読むたびにこの先輩のことを私は思い出すんです……。四つ葉のクローバーを探す女の子、自然に対してピュアな女の子って、可愛いじゃないですか。

その話と、「芥川《あくたがわ》」で露《つゆ》を見て「あれ何？ すごいきれい、真珠かな」と尋ねる女の子の話が、私の中で完全に重なっていて。現代にも通じるあざとさといいますか。

谷頭

だから、その延長線として思うんですけど、時代を超えても、男はそういうふうに騙《だま》されていく（笑）。男も本当はわかっているんですよ。「そんなわけないやん」って。「露《つゆ》ってわかるやん」みたいな。でも、騙されちゃうんだよなあ（笑）。**それを面と向かって、しかも和歌の形で言われちゃうと、どことなく感じ入ってしまう可愛さがある**んでしょうね。三宅さんの話で言うと、「四つ葉のクローバーを探すんだ」って言って、「普段してないんだろ、そんなん」ってわかっていても、面と向かってそれを言われると可愛い、みたいな。

さまざまな恋愛話からわかること

三宅　『伊勢物語《いせものがたり》』って、一話がどれも短くて、いろんな恋愛の形が描かれています。初恋の話があれば、年上女性との話もあり、ハッピーエンドもバッドエンドもあるんですけど、現代の恋愛物語の型をすべて詰め込んでいるんじゃないか、ってぐらい**いろんな女性のあり方が描かれていて**。そこが面白い。

谷頭　あまり有名じゃないけれど、主人公の男が女性に幻滅した話もけっこう出てきますよね。「地方から誘われたんだけど、行ってみたら無風流な感じでげんなりした」みたいな。そういうのも含めて、**男の恋愛カタログっぽいところもある作品**だと思います。

三宅　そうですよね。だからやっぱり、『伊勢物語《いせものがたり》』には現代の少女漫画に出てくるような恋愛物語の原型がいっぱい詰まっているんだな、って思います。**平安時代の人もそういう話をコンテンツとして楽しんでいた**って思うと面白いですよね。

谷頭　それに、**やっぱり根本的には人間変わらないのかもしれないな**、とも思いますよね。

三宅　そうですね。さっきの話でいうと男性がグッとくる女性像って普遍的なんだな、みたいな。現代でいえば私の「四つ葉のクローバー」の先輩もそうだし、平安時代でいえば『伊勢《いせ》物《もの》語《がたり》』「芥《あくた》川《がわ》」の女性のモデル・藤《ふじ》原高《わらのたかい》子《こ》がそうだったと思うんですけど、あざとい表現を自然体で言えるような女性が今も昔もいて。そしてそうした女性像にグッとくる男性がいるのも今も昔も同じなんでしょうね。

谷頭　期せずして『竹《たけ》取《とり》物《もの》語《がたり》』のかぐや姫と同じような結論に至った気がする（笑）。

古典の超大作をどう読むか？

源《げん》氏《じ》物《もの》語《がたり》

『源氏物語』 平安時代中期の作り物語。11世紀初め頃の成立。作者は紫式部。54帖から成る。内容は、光源氏が栄華を極める第一部、光源氏の晩年が描かれる第二部、光源氏の子孫たちの恋愛模様が描かれる第三部に分かれる。

好きなキャラを語る

谷頭 今回は『源《げん》氏《じ》物《もの》語《がたり》』。ざっくりいえば、天皇の息子である光《ひかる》源《げん》氏《じ》の一代記であり、恋愛の記録ですね。2024年大河ドラマの主人公が紫《むらさき》式《しき》部《ぶ》だったということもあり、書籍もたくさん出ていますね。お互いにどんな楽しみ方をしてきたのか、参考書や現代語訳はどんなものから入っていくと良いのか話せたらと思います。『源《げん》氏《じ》物《もの》語《がたり》』は長い作品だからこそ、無理なく楽しめることが大事だなと思うんですよね。

三宅 **私は『源《げん》氏《じ》物《もの》語《がたり》』の「どのキャラが好きか」という話でときどき友人と盛り上がります。**昔は雲《くも》居《い》雁《のかり》（光《ひかる》源《げん》氏《じ》のライバルである頭《とうの》中《ちゅう》将《じょう》の娘）が好きだったけど、最近読み返したら朧《おぼろ》月《づき》夜《よ》（光《ひかる》源《げん》氏《じ》と敵対する右《う》大《だい》臣《じん》の6女）が一番好きかもしれないな、と。朧《おぼろ》月《づき》夜《よ》とのシーンって、原文を読むと、すごく筆がのっている気がするんですよ。あくまで私の印象ですが。あと六《ろく》条《じょうの》御《み》息《やすん》所《どころ》（光《ひかる》源《げん》氏《じ》の恋人の一人）が登場する

谷頭
三宅

場面もそう。**紫《むら》式《しき》部《ぶ》の筆がノリノリなのを感じると、読んでいて楽しい。**

たぶん情熱的な人のことを書くのが好きですよね。

そうそう。あとは夕霧《ゆうぎり》（光源氏《ひかるげんじ》と最初の正妻である葵《あおいの》上《うえ》との息子）のダメっぷりを書くときも、筆がのっていると感じる。夕霧《ゆうぎり》は光源氏《ひかるげんじ》の息子なのですが、「顔もいいし頭もいいのに絶対にモテない」男性像として描かれていて、私は大好きです。**キラキラモテモテの光源氏《ひかるげんじ》を描くのに飽きてきた紫式部《むらさきしきぶ》が、夕霧《ゆうぎり》のモテなさっぷりも書きたくなったのかな**と私なんかは妄想するのですが……例えば夕霧《ゆうぎり》の場合、和歌を詠んでは、女性にドン引きされる描写が何回も繰り返し描かれる。こういう場面を書くのも楽しかったのかな、と思いながら夕霧《ゆうぎり》の描写は読

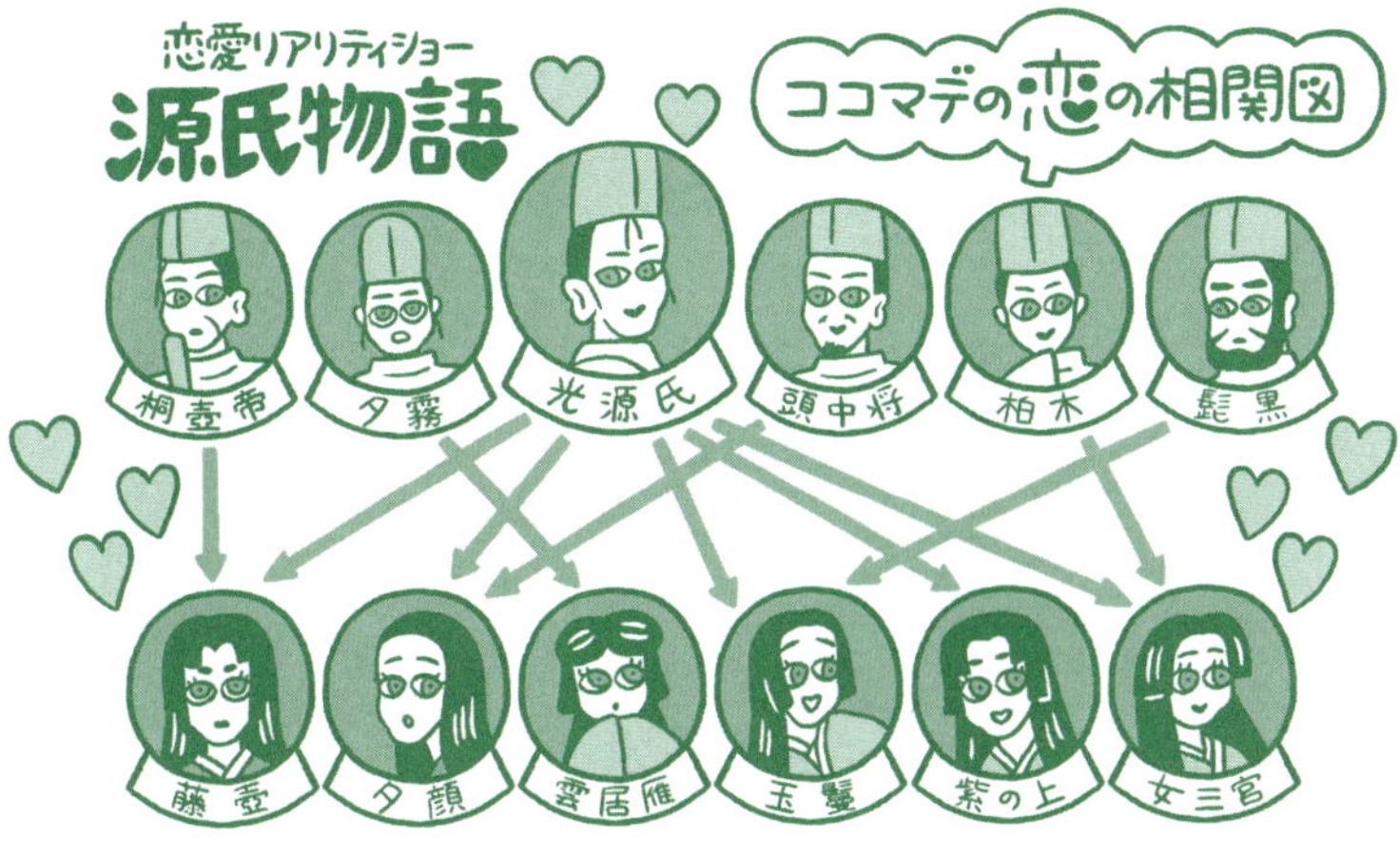

みました。
あと前半はモテモテで〝無《む》双《そう》状態〟だった光《ひかる》源《げん》氏《じ》が、だんだん歳をとってくると、口説こうとしても女性に「えっ」ってドン引きされる描写もある。こういうの、1000年以上前に描かれていたのすごいなあと感じます。

谷頭

若い頃に六本木や麻布でオラオラして、そのまま結婚もしないでいつしか40とかになって、でもその**若い頃のノリをそのまま引きずっている人みたい**ですよね。

三宅

しかも光《ひかる》源《げん》氏《じ》がドン引きされるときの、和歌のやりとりがまた面白い。玉《たま》鬘《かずら》（頭《とうの》中《ちゅう》将《じょう》と夕《ゆう》顔《がお》との娘）という若い女性に、添い寝しながら光《ひかる》源《げん》氏《じ》はこんな和歌を詠みます。

光源氏「篝《かがり》火《び》にたちそふ恋の煙こそ世には絶えせぬ炎なりけれ」
（篝火とともに立ちのぼる恋の煙は、いくつになっても燃え尽きることのない、私の情熱なのですよ）

要は「あなたのことを燃え尽きない火のように愛しています」という旨の歌を玉《たま》鬘《かずら》に贈る。
でも、光《ひかる》源《げん》氏《じ》のことを父親同然に感じている玉《たま》鬘《かずら》は、こう返します。

谷頭
三宅

玉鬘「行方なき空に消ちてよ篝火のたよりにたぐふ煙とならば」
(篝火とともに立ちのぼる煙なら、果てしない空にむかって、消えていくことができるのでは?)

つまり**「いや、煙なんだったらさっさと消えてくださいよ」**という和歌。辛辣《しんらつ》です。私もこのやりとりを読んだとき「光源氏《ひかるげんじ》が、煙たがられている……!」と衝撃でした。

しかも玉鬘《たまかずら》って、おそらく作中で一番モテる女なんですよ。死ぬほどプロポーズされるし、死ぬほど文《ふみ》をもらう女性で。**かつてイケメンで無敵だった光源氏《ひかるげんじ》が、年齢を重ね、そういう子に引導《いんどう》を渡されるのも、物語として納得がいく。**

ちなみに光源氏《ひかるげんじ》はやっぱりこのあと、女三宮《おんなさんのみや》(朱雀帝《すざくてい》の3女)という女性と結婚するんです。でも結局、女三宮《おんなさんのみや》は若い男性柏木《かしわぎ》(頭中将《とうのちゅうじょう》の長男で、光源氏《ひかるげんじ》の息子である夕霧《ゆうぎり》の友)と不倫する……。ここの展開はすごい。

ふと思ったんですけど、玉鬘《たまかずら》のところって、『竹取物語《たけとりものがたり》』っぽいですよね。

そうですね。玉鬘《たまかずら》が主役の「蛍《ほたる》」という帖《じょう》で、まるでかぐや姫のように、蛍《ほたる》がブワッと光って、玉鬘《たまかずら》を照らす場面があります。玉鬘《たまかずら》と『竹取物語《たけとりものがたり》』の影響はよく指摘されますね。

恋に狂う男、柏木

谷頭

あと柏木《かしわぎ》が初めて女三宮《おんなさんのみや》を見るシーンもリアルだなと思うんですよね。女三宮《おんなさんのみや》の猫のせいで、彼女を隠していた御簾《みす》が上がってしまう。それによって、ちょっとだけ女三宮《おんなさんのみや》の姿が見えてしまうと。本当に、ちょっとだけ見えてしまうことで、柏木《かしわぎ》の中の**妄想がかきたてられてしまって、もう止めようのない愛になっていく**わけじゃないですか。あそこもすごいなと思います。

結局『源氏物語《げんじものがたり》』ってどうしても女性キャラクターの方がフォーカスされがちだし、女性が魅力的に描かれている作品なんですけど、僕は案外、こういう情けない男の描写が非常に好きなんですよね。

三宅

柏木《かしわぎ》が女三宮《おんなさんのみや》に恋するあまり、彼女の猫を盗んで、**「この猫を女三宮《おんなさんのみや》だと思って育てる、俺は！」**と言う場面もすごい。恋に狂った男の描写も激ヤバ。私は大好き。『源氏物語《げんじものがたり》』って恋愛物語なんだけれど、案外「恋に狂う」描写はあまりないんです。でも柏木《かしわぎ》だけは本当に女三宮《おんなさんのみや》に狂ってるなーと思う描写がたくさんある。あと、柏木《かしわぎ》が女三宮《おんなさんのみや》と寝たあとに、「夢の中で猫が鳴いて、猫を返す」という夢を見るのですが、この場面は女三宮《おんなさんのみや》の妊娠の兆候《ちょうこう》なんじゃないか、ともいわれていて印象深い。これも1000年以上前の話とは思えないというか、現代の少女漫画で読めそうな場面。

谷頭

確かに。僕は柏木《かしわぎ》の最後もすごく好きですね。光源氏《ひかるげんじ》が、アルハラして、そのせいで病んで死ぬ、という。**登場人物、全員、やばい。おしとやかなアウトレイジ**ですよ。

三宅

そうそう。「死ぬんかい柏木《かしわぎ》!」と読者は思わず叫ぶ。

ちなみにアルハラといえば、女三宮《おんなさんのみや》と柏木《かしわぎ》の関係を知った光源氏《ひかるげんじ》が、宴会で柏木《かしわぎ》にお酒をすすめる場面があるんですよ。柏木《かしわぎ》は光源氏《ひかるげんじ》のただならない様子を観て「やばい、光源氏《ひかるげんじ》に女三宮《おんなさんのみや》さまとの関係を気づかれている」と気づく。そして彼は病んでしまって、すぐ死ぬ。不憫《ふびん》。

でも、実は光源氏《ひかるげんじ》が柏木《かしわぎ》たちの関係に気づくことによって、若かりし頃の、光源氏《ひかるげんじ》と藤壺《ふじつぼ》(桐壺帝《きりつぼてい》の妻)の関係も桐壺帝《きりつぼてい》(光源氏《ひかるげんじ》の父)に知られていたのかもしれない……と彼は思い至るようになるんですよね。**「自分たちの関係も、案外、気づかれてい**

たのかも」と。こういうふうに、物語のラストになって、最初の話を回収してくる。伏線もすごい。

恋愛だけじゃない物語

谷頭　『源氏物語《げんじものがたり》』には「桐壺帝《きりつぼてい》は光源氏《ひかるげんじ》と藤壺《ふじつぼ》の関係に気づいていたのか、気づいていなかったのか問題」がありますよね。

三宅　「気づいてない」に1票。結局、光源氏《ひかるげんじ》は女三宮と柏木の関係に自分の罪悪感を投影して「気づいていたのでは」と勝手に思い至るのかなと。

私は**『源氏物語《げんじものがたり》』って、「光源氏《ひかるげんじ》が罪悪感を持つまでの話」だと思っていて**。

光源氏《ひかるげんじ》は、序盤に藤壺《ふじつぼ》との関係だったり、紫《むらさき》の上《うえ》（光源氏《ひかるげんじ》の妻の一人）に対する扱いだったり、相当な酷いことをしているんだけど、光源氏《ひかるげんじ》本人は罪悪感を感じていなかったわけじゃないですか。でも最後の最後、死ぬ間際に柏《かしわ》木《ぎ》とのことがあったり、紫《むらさき》の上《うえ》が死んだりして、ようやく罪悪感を自覚するようになる。

谷頭　なるほど。罪悪感の物語。

三宅　光源氏《ひかるげんじ》、最初の方は1ミリも罪悪感を持っていませんからね。

谷頭　すごいですよね。カラッと最悪なことをやってのけている。

あと改めて読み直すと、確かに**「恋愛物語」ではあるけれど、「政治物語」みたいなところもある**じゃないですか。要は「誰がどう動いて、誰が一番天皇に近い存在になっていくか」みたいな話になっていて、光源氏《ひかるげんじ》もいつのまにか大納言《だいなごん》になっているし。基本的には、右大臣家VS左大臣家という構図があって、誰を天皇に嫁がせるかということが主軸になってくるわけですが、平安時代の本当にリアルな政治を、フィクションとして書いているんですよね。

中盤以降は政治抗争の話をしているし、明石のシーンは「旅物語」だし、『源氏物語《げんじものがたり》』って実はいろんな読み方ができるんですよね。

それこそ「宇治十帖《うじじゅうじょう》」はもはや『源氏物語《げんじものがたり》』から独立したような物語で、光源氏《ひかるげんじ》の子孫たちのサーガになっている。本当にさまざまな面があって、いろんな方面から読めるところが『源氏物語《げんじものがたり》』の大きな魅力なのかなと思います。

三宅　**『源氏物語《げんじものがたり》』は一般的には「恋愛物語」だといわれているけど、「本**

当にそれだけかな？」と考えつつ読むのもいいんじゃないかと思います。それこそ漫画『あさきゆめみし』だと、あえて少女漫画になるように恋愛シーンが足されているんですよ。桐壺更衣《きりつぼのこうい》（光源氏《ひかるげんじ》の母）と桐壺帝《きりつぼてい》の出会いなんて、原作だと1ミリも書かれてない。二人の物語はロマンチックでもない。だけど少女漫画『あさきゆめみし』はその場面をわざわざ素敵な恋愛にしているんですよ。少女たちに夢を見せるため……。

谷頭

そうそう。もとの作品を見ると、決して恋愛要素だけではない。

あと、物語というと、どうしても最初から最後まで全部読まなきゃいけない気がしてしまうじゃないですか。でも『源氏物語《げんじものがたり》』に関しては決してそうではなくて、好きなところを読んでいけばいいし、**解説書や漫画で大枠をつかんで、その中で面白そうだなと思ったところを読む**といいのかなって思います。

最初から全部読むと、難しいシーンや、背景が理解できていないと楽しめないシーンに出会ったときに、拒否反応が出ちゃうこともありますからね。

三宅

私が高校生のときに『源氏物語《げんじものがたり》』を知ったときは、前半の六条御息所《ろくじょうのみやすんどころ》、若紫《わかむらさき》（紫の上の幼少時代の名前）、花散里《はなちるさと》（光源氏《ひかるげんじ》の恋人の一人）といった、いろんな女性キャラがたくさん出てくるところが面白いなと思ったんです。でも大人になってくると、後半の玉鬘《たまかずら》や夕霧《ゆうぎり》と光源氏《ひかるげんじ》の関係性が面白く思えてきて。読むタイミングによって面白い場面が違うのも、『源氏物語《げんじものがたり》』のすごいところ。人生の節目で繰り返し読むのもおすすめしたいですね。

谷頭

確かに。年を重ねても何回触れても、そのときどきで違ったように見えるということが、素晴らしい芸術・創作の条件の一つかなとも思っています。

『源氏物語』のおすすめ本

三宅

『源氏物語《げんじものがたり》』のおすすめの現代語訳、よく聞かれませんか？　個人的には、もちろんいい現代語訳はたくさんあるんですけど、**「一番おすすめしたいのは、すぐに現代語訳に入らないことなんじゃないか」**といつも思う。なぜかというと『源氏《げんじ》物語《ものがたり》』ってやっぱり長いんですよ。登場人物も多い。だからこそ現代語訳を最初から読んで、面白いと思えるかどうかは、読む人の気力・体力によるんじゃないかと。

なので、先ほど谷頭さんもおっしゃっていましたけど、全体をざっくりとらえる本を読んでから、現代語訳を読むのがいいんじゃないかと思っています。

谷頭

私がおすすめするのは、先述した大和和紀《やまとわき》さんの漫画『あさきゆめみし』（講談社）と、俵万智《たわらまち》さんの『愛する源氏物語《げんじものがたり》』（文藝春秋）ですね。

『愛する源氏物語《げんじものがたり》』は歌人の俵さんが和歌にフォーカスを当てながら『源氏物語《げんじものがたり》』を解説してくれています。ざっくりした全体像みたいなのがとらえられるし、『源氏物語《げんじものがたり》』の心の機微《きび》についてもよく触れられているので、おすすめの一冊ですね。

『源氏物語《げんじものがたり》』には人間の心の機微が繊細に描き込まれているんだけど、現代語訳から入るといまいちよくわからないことも多いので、俵さんの本はそのあたりもよく解説されていて僕も好きです。

僕は『源氏物語《げんじものがたり》解剖図鑑』（エクスナレッジ）がおすすめですね。まずイラストが可愛い。『源氏物語《げんじものがたり》』って54帖もあるので、あらすじをつかむのが難しいんですよ。『あさきゆめみし』もわかりやすいけどかなり長いですからね。でも『源氏物語《げんじものがたり》解剖図鑑』は1帖ずつ、見開き1ページずつで、あらすじが書いてあって非常にわかりやすいんです。

いきなり現代語訳から入るとわかりにくいのって、現代語訳だとどうしても古典常識をそのまま訳さざるを得なくて、「日本語として意味がわかるんだけど、どういうことなのかいまいちわからない」こ

とが起こってしまうからなんですよね。
この本は古典常識から丁寧に解説をしてくれるので、例えば『あさきゆめみし』や平易な現代語訳と、この『源氏物語《げんじものがたり》解剖図鑑』を併読すると内容が頭に入りやすいのかなと思います。

三宅　**この本がいいのは、家系図をしっかり書いているところ**ですよね。初読者が引っかかりやすいポイントをおさえてくれていて便利だし。

谷頭　家系図はありがたいですよね。親子・親戚関係は本当にわかりにくくて。

三宅　でも『源氏物語《げんじものがたり》』において重要なポイントになってきますもんね。左大臣・右大臣家、かなり大事なんだけど、わかりにくい。一回覚えちゃうと楽なんですけど。
あと山本《やまもと》淳子《じゅんこ》さんと林《はやし》真理子《まりこ》さんの対談本『誰も教えてくれなかった『源氏物語《げんじものがたり》』本当の面白さ』（小学館）。これもおすすめです。作家の林《はやし》真理子《まりこ》さんが、素朴な疑問をバシバシと、国文学研究者の山本《やまもと》淳子《じゅんこ》さんに投げる。「顔も見ずになぜ恋できるんだ？」といった感じで、あけすけに。現代人がわからない感覚についても掘り下げてくれて、山本《やまもと》さんも丁寧に返してくれるので、副読本としてかなり面白かったです。
現代語訳だと、最近は角田《かくた》光代《みつよ》さんの訳が読みやすかったですね。私自身は最初は瀬戸内《せとうち》寂聴《じゃくちょう》さんの訳で読んでいました。

入門書から入って、角田光代《かくたみつよ》・瀬戸内寂聴《せとうちじゃくちょう》訳を読む。そんなルートもおすすめですね。

大鏡《おおかがみ》

推理小説みたいに読むといい

『大鏡』平安時代後期の歴史物語。12世紀前半の成立とされる。作者未詳。人物の伝記を中心に記す紀伝体で書かれる。藤原道長を頂点とする藤原氏の政権獲得の過程と栄華を描いたもの。

谷頭

お爺さん二人の昔語りみたい？

今回扱う『大鏡《おおかがみ》』が面白いのはやっぱり「語り」の独特さだと思います。全体の構造としては、藤原家《ふじわらけ》全盛期の歴史物語なんだけど、**200歳手前くらいのお爺さんが2人登場して「昔のことを回想して語る」**という形式をとっている。もうこの時点で不思議ですよね（笑）。

教科書的な説明としては、語り手を大宅世継《おおやけのよつぎ》と夏山繁樹《なつやまのしげき》という200歳弱のお爺さんにすることで、藤原家《ふじわらけ》全盛期をリアルタイムで見てきた人の語りにできるから、それだけ物語の内容のリアリティが演出できる、というものだったと思います。

この解説は、なるほどな、とは思うんですが、なんとなく腑《ふ》に落ちないと今まで思っていたんです。でも、今回改めて読み返してみると、**この語りの形式って、要は大河ドラマと同じなんじゃないか**って思ったんですよね。大河ドラマの1話目って、すべての出来事が終わった最終話から時間をさかのぼってきて、全然本筋とは関係ない人が回想するようにナレーションを始める、ということもあるじゃないですか。朝ドラでもありますよね。1話目で、すでにおばあさんになった主人公が回想する形式とか。

三宅　なるほど確かに、面白い。

谷頭　『大《おお》鏡《かがみ》』の語りも出来事に対するナレーションということだったのかなと思いました。でもそう思うと、「歴史物語」という形式も、大河ドラマ的ですよね。そういう意味では、**現代の我々がよく慣れ親しんでいる語りの形式を一**

＼ドラマ「大鏡」ナレーション収録中／
主人公の名前は花山天皇。
彼は永観二年八月二十八日、
天皇に即位しました。それは
17歳のこと。しかし……

つ作った作品といえるのかもしれません。

三宅

この時代は『栄花物語《えいがものがたり》』が道長《みちなが》寄りの立場で語られていて、『大鏡《おおかがみ》』は客観的な歴史として書かれている、という対比もありますよね。『大鏡《おおかがみ》』が「200歳弱のとあるお爺さんたちの語り」という形式をとったのも、**「藤原家《ふじわらけ》の関係者が書いた」のではなく、もっと引いた客観的な視点で歴史を語っていることを示すための工夫だったのかな。**

でも一方で、読んでいるときには「かなり藤原家《ふじわらけ》賛美じゃないか？　これ」と思ったのも事実。例えば「父親の豪胆《ごうたん》さを道長《みちなが》は継いでいる！　そして慈愛深い！」みたいに書かれていて、道長《みちなが》がすごくかっこよく描写されているんですよ。それこそ現代の大河ドラマも主人公をヒーローとして描くところがあると思うんですけど、近い雰囲気を感じる。だから『大鏡《おおかがみ》』は藤原家《ふじわらけ》を客観的に描いているといわれがちだけど、本当にそうなのかなーと疑問にも思いました。

谷頭

そうなんですよね。**実際に読むと、かなり道長《みちなが》のことをいいイメージで書いているんですよね。**そう思うと、2024年大河ドラマ『光る君へ』の道長《みちなが》像も、優しくてモテる人として描かれている印象なので、元ネタはここなのかな。

三宅　ちなみに国語の教科書では『大鏡《おおかがみ》』のどこが扱われるんですか?

谷頭　冒頭部分の他には、「花山院《かざんいん》の出家」(花山《かざん》天皇が藤原兼家《ふじわらのかねいえ》・道兼《みちかね》父子によって出家させられた話)や「菅原道真《すがわらのみちざね》の左遷《させん》」(右大臣の菅原道真《すがわらのみちざね》が無実の罪をきせられ太宰府に流された話)がよく採録されていますね。

三宅　特に面白いエピソードですよね。私の好きな幕末~明治の浮世絵師に、月岡芳年《つきおかよしとし》という人がいるのですが。月岡芳年《つきおかよしとし》の代表作『月百姿《つきひゃくし》』に、花山院《かざんいん》のエピソードが描かれています。それくらい花山院《かざんいん》の出家姿はみんなの印象に残っているのかな、と。

谷頭　そうそう。あと学校だと『大鏡《おおかがみ》』は、「鏡物」の一つとして『今鏡《いまかがみ》』『水鏡《みずかがみ》』『増鏡《ますかがみ》』と共に「大今水増《だいこんみずまし》」と覚えさせられることが多い。でもそもそも**『大鏡《おおかがみ》』のあとに、鏡物という歴史物語の形式が続いていったのも興味深い**ことですよね。全部老人の昔物語という体裁なわけですが、この語り方は当時の読者にとって面白かったし、しっくりきたんでしょうね。そうでないとこんなエキセントリックな物語の作り方は継承されなかったと思う。

三宅　こうした歴史叙述でよくいわれるのが、歴史を事実の順番通りに記述する「編年体《へんねんたい》」と、**もっと個人に焦点をあてて歴史を語っていく「紀伝体《きでんたい》」の対比。日**

谷頭

本は後者の方が多い気がします。そうですね。現代では基本的に編年体《へんねんたい》が歴史記述として普通だとされていると思うんですが、かつての感覚としては、紀伝体《きでんたい》が主流だったんだと思います。要は**天皇という軸を一本置いて、そこから枝を作っていくような歴史叙述のやり方がメジャーだった**。

三宅

でもこれ本当に誰が発明したんでしょうね。例えば自分が「権力者の歴史を書け！」って命じられたとして、「お爺さんたちに語らせる」という方法を思いつくかなあ。すごくクリエイティブですよね。あとは実際、藤原家《ふじわらけ》の人はどう読んだんだろう。気になる。

「歴史物語」の魅力

三宅

一方で私はまだ、そもそも歴史物語の魅力をわかり切れていないな。小説も和歌も感情表現を楽しめますが、歴史物語は感情よりは出来事がベース。だからどう楽しんでいいかまだよくわかっていない。

谷頭

たぶん**「世界の見取り図がわかる」面白さなのかなと思います**。世の中で起こっている出来事・原因のメカニズムが、大局的に、マクロな視点で手にとるようにわかることの面白さ。だから一方では歴史物語ってミクロの視点、それぞれ人間の感情の動きにはそこまで興味を向けないんじゃないかと思うんですよね。

例えば『三国志《さんごくし》』も好きな人は多いと思うんですけど、『三国志《さんごくし》』の世界では、まず魏呉《ぎご》蜀《しょく》って国が三つあって、それぞれどういう人がいて、どんな動きをしたのか、ではなんでそう動いたのか、戦略的・地政学的な観点を持ちながら、一筋のタイムラインとなって読めるのが面白いんだと思うんです。**「世界を手に取って理解できる」ことに対する欲望でもあると思うんですよね**。

歴史物語というものは、もちろんパーフェクトな説明ではないにせよ、なぜこんなことが起こったのか、そのメカニズムを説明するもので、そうした大きな流れについて手にとるようにわかる、そのロマンが人を惹きつけるんじゃないかなと。ひょっとすると**推理小説の楽しみにも近いのかもしれないなと思います**。

三宅

なるほど。ちょっとわかってきました。政治を楽しめばいいのか。

例えば花山天皇《かざんてんのう》がいなくなったら、次は道長《みちなが》のお兄さんの道隆《みちたか》が力を持っていく。そういう見取り図を読む快楽があるのかもしれません。**起こった出来事におけるロジ**

ックを読み解くのが歴史物語なんですね。

谷頭

そうそう。でもここで興味深いのが、例えばいわゆるフィクション物語である『蜻《かげ》蛉《ろう》日《にっ》記《き》』や『源《げん》氏《じ》物《もの》語《がたり》』にロジックがないのかといえば、そうではない。**ある登場人物が悲しい・うれしいと思うのも、そこにはちゃんと原因と結果、本人なりの必然性があるわけだし。**でもやっぱり歴史物語のロジックとは質が違うのかなと思うのですが、それがマクロとミクロの違いなのかな。大きな政治的出来事と、個人の感情の違いというか。

三宅

『源《げん》氏《じ》物《もの》語《がたり》』は恋愛や家族の人間関係で進むけれど、『大《おお》鏡《かがみ》』のような歴史物語はもう少し大きな勢力争いの図を描いている。『大《おお》鏡《かがみ》』は、藤《ふじ》原《わら》家《け》がなぜ今の地位にあるのか、どうしてそうなったのか、論理的に説明することがミッションだったと思いますし、それをわかりやすい見取り図として提示する必要があったのでしょうね。

定番の古典をホラーとして読む！

今《こん》昔《じゃく》物《もの》語《がたり》集《しゅう》

『今昔物語集』平安時代末期の説話集。編者未詳。31巻。約1000話を収め、天竺（インド）、震旦（中国）、本朝（日本）の3部から成る。

三宅

実は怖い？　いろいろな物語がある説話集

『今昔物語集《こんじゃくものがたりしゅう》』は平安末期のいろんな説話や物語を集めた説話集です。定番古典で、教科書にもよく収録されている。ですが、**実はその中に怖い話もある。**鬼や幽霊、怪現象だけを集めた部立もあって、ここに陰陽師《おんみょうじ》の話や、芥川龍之介《あくたがわりゅうのすけ》に翻案された『羅生門《らしょうもん》』の元ネタとか、ちょっと怖い話や怪現象が入っている。

その中で私が今回紹介するエピソードは、怪異現象じゃないんだけど、ちょっと怖い話。『今昔物語集《こんじゃくものがたりしゅう》』巻19に収録された**六《ろく》の宮《みや》の姫君《ひめぎみ》**の話です。

六《ろく》の宮《みや》の姫君《ひめぎみ》は容姿もきれいで心も美しくていい娘だった。姫の父母は「誰か結婚しようと言ってくれる人がいれば……」と思っていたんです。

ただ、そういっているうちに姫の父母が亡くなってしまう。平安時代において結婚というと、基本的に姫の父母が手を回して段どりするものだったので、そうした後ろ盾がなくなってしまったということです。要は天涯孤独になってしまったのです。ただそんなとき、乳母《めのと》が世話をしてくれて、ある男性からの手紙を受けとることになるのです。

乳母《めのと》は姫君に男からの手紙を読ませようとする。ですが、**姫君は「手紙なんていい。そんなことより私は天涯孤独になってしまって、人生がつらい、悲しい」と嘆いてばかりいる。**その男の人にぜんぜん言い寄ろうとしないんですね。

だからもう、乳母《めのと》が侍女に代筆させて手紙を返していた。いい乳母《めのと》ですね。

そうしているうちに男と姫君はいい仲になるんですけど……あるとき、男の父が常陸《ひたち》（現在の茨城県あたり）に転勤することになり男もついていくことになった。常陸《ひたち》というと京都からはかなり遠いので、男は姫君を連れて行きたいな、と内心思う。でもまだ親の許しを得た仲ではなかったので、**結局二人は遠距離恋愛に。**そしていつしか消息も途絶えてしまう。

4～5年経ち、父の常陸《ひたち》での任期が終わって男も都に戻り、「あの姫君はどうしたんだろう」と思い、家があった場所に行ってみると……姫の姿は見えない。乳母《めのと》は尼さんになっていた。男が「姫君はどこに行ったんだ」と聞くと、乳母《めのと》は「わからない」という。**男は「あの西の京のところにいるかもしれない」**と歩き出した。

西の京近辺というのは今でいえばスラム街として知られた場所。つまり姫は経済的困難から、そんな場所へ行ってしまったのだろう、ということなんですよね。

男は朱雀門《すざくもん》で姫君を見つけたけど、姫君はもう痩《や》せこけて、美しかった頃の影も形もなくなってしまっていた。再会した瞬間に姫君はとうとう亡くなってしまい、そのまま男は法《ほう》師《し》になってしまう、という話でした。悲しくて、救われない話ですよね。

実はこれを芥川龍之介《あくたがわりゅうのすけ》が翻案しておりまして。

谷頭 ああ、なるほど。確かに芥川龍之介《あくたがわりゅうのすけ》が好きそうですよね。

三宅 そう。しかもそれだけじゃない。有名な少女漫画家の山岸凉子《やまぎしりょうこ》も、この話をもとにして漫画作品『朱雀門《すざくもん》』を作っているんですよ。

谷頭 めちゃくちゃ人気じゃないですか。

三宅 そうなんです。面白いのが、芥川龍之介《あくたがわりゅうのすけ》や山岸凉子《やまぎしりょうこ》は翻案にあたって、姫君に対してかなり冷たい目線をむけているんです。要するに、彼女は**内気で何もしなかったのに、男を恨むだけなんてダメだ**、と解釈しているんですよね。私は『今昔物語《こんじゃくものがたり》集《しゅう》』の原作だけ読んでいると、悲しい女の幽霊の話だなと思ったのに、**文豪の手にかかると「自我ないとダメ」みたいな話になっていて**、面白いなと思ったんです。

谷頭 芥川龍之介《あくたがわりゅうのすけ》は、すぐに自我を求める傾向がありますね。近代的自我。

三宅 そうなんです。芥川《あくたがわ》の『今昔物語集《こんじゃくものがたりしゅう》』の翻案でいえば「羅生門《らしょうもん》」の方が有名ではあるんですけど、私はこの「六《ろく》の宮《みや》の姫君《ひめぎみ》」が好きなんですよね。芥川的には、「こんな何もない姫君は、もう虚ろな魂になるしかない」という書き方をしていてなかなか辛辣。ぜひ読み比べてみてほしいなと思います。

平安貴族から見た外の世界

谷頭 なるほどそれは面白いですね。朱雀門に相対する「羅城門」の話をもとにしたという芥川《あくたがわ》龍之介《りゅうのすけ》の「羅生門」も、**死体はゴロゴロ転がっているわ、カラスがその死体の肉をついばみに来るわで、相当荒廃した場所**として描かれています。朱雀大路の辺りが、複数の作品の中でスラムとして描かれているのは興味深いですね。

三宅 そう、全く同じなんです。やっぱり**身寄りがなくなった人が行く場所として登場する**んですよね。当時、平安末期においては本当にそういう場所だったのでしょう。

谷頭 平安文学を考えるうえでも重要ですよね。平安時代の作品って基本的に、宮中が舞台で、雅《みやび》でキラキラした印象のものが多いじゃないですか。でも、そのすぐ外側に出ると、ひどく荒廃した世界が広がっていて。

三宅 かなり修羅というか、飢餓が身近。

谷頭 飢餓とか災害とかたくさんある。だからこそ、貴族たちはそれをどういう気持ちで見ていたのかなとも思いますよね。

三宅 **貴族たちにとって、外側の世界は恐怖の対象**で、だからこそ「羅生門《らしょうもん》」の話や「六《ろく》の宮《みや》の姫君《ひめぎみ》」の話みたいなのが作り出されたのかもしれないなと思います。「六《ろく》の宮《みや》の姫君《ひめぎみ》」は特にその典型だと思うのですが、**女性は後ろ盾がなくなると途端にそっち側へ行ってしまうという、その恐怖が常にリアルなものとしてあったん**だと思います。

谷頭 修羅すぎませんか、女性にとって。

三宅 修羅ですよ。結婚がリアルに経済基盤だから。生きる道の選択肢が少ない。

谷頭 本当に……。そういえば、「男がかつて仲が良かった女性を訪ねたら、ひどく荒廃したところに住んでいた話」って、『源氏物語《げんじものがたり》』の末摘花《すえつむはな》とのエピソードとも似てますよね。

三宅　「荒れ果てた屋敷」は、平安時代の物語においてよくあるギミックの一つですよね。

谷頭　そうですね。そこに霊をはじめとして、不穏な雰囲気を見出し、演出するのが定番パターンとしてあったんだろうなと思います。

なぜこんなにも長い物語になったのか？

平《へい》家《け》物《もの》語《がたり》

『平家物語』鎌倉時代初期の軍記物語。作者未詳。平家一門の繁栄と滅亡が描かれている。和漢混交文で書かれている。琵琶法師が語る「語り物」として広まり、加筆・改編が加えられていった。

とにかく長すぎ問題

谷頭　今回は『平家物語《へいけものがたり》』を読んでみたわけですが、三宅さんの印象はいかがでしたか？

三宅　全体的には長い！　というのが正直な第一印象。でも序文にみえる「驕《おご》れるものは久しからず」をはじめとして、多くの日本人が共有しているのではと思われる認識・価値観を、随所から感じました。

例えば『平家物語《へいけものがたり》』はやはり負ける側の無常感が儚《はかな》く感じられる。正直、負ける側の方がドラマティックに演出されているように見えます。つまり、**決して永遠になりえない権力、という存在に作者も読者もグッときている**ように読める。「失われる権力の美」という価値観は、例えば和歌の無常・幽玄《ゆうげん》の感覚とも近しいものを感じます。『平家物語《へいけものがたり》』って能や歌舞伎をはじめとしてさまざまな芸能に翻案されることが多いじゃないですか。大河ドラマでもよく描かれている。だとすると、『平家物語《へいけものがたり》』的な価値観は、さまざまな形で日本人の文化に組み込まれていったのではないかなと。

ただ読んでいると、一つ一つは基本的に戦いの話で「長いなあ」と思った。よく知られる「祇園精舎《ぎおんしょうじゃ》の鐘の声」の序文はやっぱり美しいですけどね。

谷頭

そうそう、めっちゃ長い。僕は映画『犬王《いぬおう》』のもとにもなった古川日出男《ふるかわひでお》訳で読んでいたんですが、このまえがきでも「作品の長さ」については言及されていました。古川《ふるかわ》さんによると『平家物語《へいけものがたり》』は、現代における「小説」を基準にして考えると、構成が不十分なんだそうです。それはおそらく写本として伝達される過程で、その都度それぞれの読者が思ったことを書き足していて、どんどん加筆されていった状態のものが今に残っているから。[1]
その解説を踏まえつつ、僕が読んでいて感じたのは、現代でも**高齢の方が昔語りをしているときに似たような現象がよく起こっている**など。
例えばお爺さん・お婆さんが昔の話をしていると、話しているうちにいろんなことを思い出しちゃって、「あのときはそういえばこんなこともあって」と、本筋としては全然違う話であっても、都度話をつけ足して、いつのまにか全体が長くなっていることってあるじゃないですか。
『平家物語《へいけものがたり》』でいえば「鹿ケ谷《ししがたに》の陰謀」がいい例。清盛《きよもり》に対する反乱が計画されるものの、結局失敗してしまう話なのですが、途中で「そういえば、かつて朝廷に背こうとした人には、こんな人がいて……」と、それまでの歴史における朝廷に対する反乱者が全部列挙されていく。正直本筋とは関係ないし、いらないだろって思うのですが、ある意味で、**雑談が持つ無駄や余白を表している**ような気もする。

そもそも『平家物語《へいけものがたり》』自体、琵琶法師《びわほうし》によって伝えられた「語り」ベースの作品なので、こうしたことが起こっているんじゃないかと。

三宅 なるほど、だからこんなに長くなっている。

谷頭 そうそう。『平家物語《へいけものがたり》』に関してもう少し内容にも踏み込むと、読み物の形で伝わっていった「読本系」と、琵琶法師《びわほうし》の語りで伝わった「語り物系」という二つの系統があって、それぞれ全然違

うそうなんですよね。だから**『平家物語《へいけものがたり》』って実はその成立において複雑な過程をたどっているし、実に多くの人が絡んでいる作品なんです。**

僕も実際に読んでいると、なんとなく前後で書き手が違う印象を覚えたところもあって。例えば「祇王《ぎおう》」という話です。これは、清盛《きよもり》の横暴さに翻弄された女性同士の、いわばシスターフッドともいえる関係を描いている話。心情描写も徹底的に描かれているんですよね。男性の武士同士の話とはまた違う印象を受けます。いわゆる男性武士たちの戦いを仮に男性の書き手が書いていたとすれば、「祇王《ぎおう》」は女性の書き手が関わっているように感じました。

三宅

私も今回きちんと読んでみて、**意外と女性が出てくる**な、と思ったんですよね。「祇王《ぎおう》」だけでなく木曽義仲《きそよしなか》に仕えた巴御前《ともえごぜん》の話も有名ですし、『平家物語《へいけものがたり》』の最後も、実は建礼門院《けんれいもんいん》の話で終わる。

『平家物語《へいけものがたり》』は一般的にはいわゆる武士の戦いの物語として知られていますが、実際に戦場で刀を振るった男性だけではなく、意外と女性がしっかり描かれている、女性の存在感が強い作品。特に巴御前《ともえごぜん》や祇王《ぎおう》の話は、能にもよく翻案されていますし。むしろ女性の登場する話が魅力的な作品。

谷頭

そうなんですよね。そういう部分も含めて『平家物語《へいけものがたり》』はいわゆるポリフォニック（多声的）な作品といいますか、**一つの作品の中で本当にいろんな人が、それぞれ好き勝手にいろんなことを語っている**ようなところがあって。

だから僕は『平家物語《へいけものがたり》』は真面目に読み通さなくてもいいんじゃないかとも思うんです。自分の好きなところだけ読んでも十分面白い作品だし。むしろ最後まで真面目に読もうとすると、長さに疲れてしまう。気になったところから少しだけ読めばいい。いろんな話が収録されているので、どんな人でもどこかには良さを感じるんじゃないかな。

盛者必衰《じょうしゃひっすい》の理《ことわり》とは？

谷頭

あと僕が興味深いなと思ったのは、登場人物一人一人に対して必ず良い面と悪い面が両方書かれていること。しかも、善悪が単純な二項対立として描かれていなくて、もっと曖昧《あいまい》で複雑に、**善の中にある悪、悪の中にある善といった形で描かれている**。例えば清盛《きよもり》は死ぬまで基本的に「悪い人」として書かれるのですが、**死んだあとに「清盛《きよもり》の良かったエピソード3選」の語りが挟まれる**んですよね。

三宅

こうしたことを『平家物語《へいけものがたり》』が真面目にやっていること自体、作品全体を長くしている要因なんだけど、文学としてかなり重要なポイントだと思うんです。

私が気になったのは、**軍記物語のわりに「どういう武将が理想的か」は、全く描かれないこと**。

マキャベリの『君主論』のように、それぞれの武将の君主としてのあり方や良さを語ることだってできたはず。でもそうはせず、それぞれの人物の、美点・欠点をどちらも語っている。

だからこそ序文の「驕《おご》れるものは久しからず」「盛者必衰《じょうしゃひっすい》」という文言は、結局**「驕《おご》った者・権力を得た者は全員最後には終了する。以上」**というかなりさっぱりとしたニュアンスなんだろうなと思うんですよね。いい人物も悪い人物もいなくて、みんなその両面を持っているけれど、権力を握ったら終わりへ向かう、と。

谷頭

そうそう。それをすべて語らなくてはいけないから、『平家物語《へいけものがたり》』の長さはある意味かなり必然性があると思うんですよね。

でもこうした盛者必衰《じょうしゃひっすい》のはかなさを考える上で気をつけなくてはいけないのが、例えば近代には、『平家物語《へいけものがたり》』の内容が「武士道」や「親子の愛情」、そして「愛国精神」などと結びつけて語られていたことなんですよね。

例えば「敦盛最期《あつもりさいご》」。これは源氏側の武士・熊谷直実《くまがいなおざね》に、まだ16か17歳くらいの平敦盛《たいらのあつもり》が殺される話。教科書にもよく採録されてきたのですが、やはり「武士とは」といった話や「親子の愛情」の美談として、扱われがち。

でも本当は『平家物語《へいけものがたり》』って非常に複層的で、先ほど挙げたような女性たちや、あらゆる社会的弱者への視線、あるいは権力から落ちていった敗者への視線、**いろんな人たちのことが視野に入っている作品だから、そうした単一的な読みに回収し切れないはずで。**

そういう意味では、教科書的に、ある種一つの解釈に集約しがちな場で扱うのは、難しい作品かもしれないですね。

三宅

ここから読んだら面白い！

私は平維盛《たいらのこれもり》の描かれ方がかなり好きでした。容姿がかっこよくて装束《しょうぞく》も美しくて、要するにイケメンとして描かれるかと思いきや……**戦いの場面では敗走、逃げ帰っ**

てしまうんですよね。武将としてはいい奴ではなかった、と語られていて。
私は「キラキライケメン男子が出てきたら、普通勝つやろ」と安直に思っていたので、意外でした。戦いの場面ではダメだったんだけれど、そのあとには昇進することもあって、人物像が複雑に描き込まれている。
作中であまり**「誰がかっこいい！」と規定しない**ところも、『平家物語《へいけものがたり》』の魅力なんじゃないかな。

谷頭

そうですね。僕は俊寛《しゅんかん》の話が面白かったかな。俊寛《しゅんかん》は、藤原成経《ふじわらのなりつね》・平康頼《たいらのやすより》とともに謀反を試みたものの、計画がばれて三人で鬼界ケ島《きかいがしま》に流されてしまう。それが、中宮徳子《ちゅうぐうとくこ》の安産祈願のために、臨時で大赦《たいしゃ》があってみんな都へ帰還できるはずが、**一人だけ帰してもらえなかったというかわいそうな人**。

でもそこで終わりかと思いきや、俊寛《しゅんかん》が都で育てていたお弟子の有王《ありおう》が、俊寛《しゅんかん》のことを気にかけるあまり、鬼界ケ島《きかいがしま》まで商人のつてをたどって渡る話が続くんですよね。

だから**俊寛《しゅんかん》という人は、最初は清盛《きよもり》に反乱を起こそうとした悪人として登場するんだけれど、有王《ありおう》は俊寛《しゅんかん》のことを慕っていて、ここもやはり人物像が複層的**。

あとは俊寛《しゅんかん》が面白いのは、配流先での生存能力がめちゃくちゃ高いんですよ。鬼界ヶ島《きかいがしま》って当時から火山があって、硫黄《いおう》がとれる場所ですが、俊寛《しゅんかん》はそれを自分で採掘して交易商人に食べ物と換えてもらったりしていた。話す言葉がよくわからない、という描写があるので、言葉の壁もありつつやりとりをしている。家も自力で作っていたようで、生きる力が強い。アグレッシブだなと思いました。

三宅

私は「木曽《きそ》の最期」も好き。敗戦間近の義仲《よしなか》が「なんぢがゆくゑの恋しさに、おほくの敵の中をかけわつて、これまではのがれたるなり（おまえの行方が恋しくてたくさんいる敵を駆け破ってここまで逃れてきた）」と家臣の今井四郎《いまいしろう》に声をかけるんですが、**これって今でいうところのBL的な関係性に読める。当時の人たちはどう読んでいたんだろう**、と気になりました。自分が琵琶で語っていたら、めちゃくちゃ盛り上がっちゃう。最初に読む場面としておすすめ。

谷頭

木曽義仲《きそよしなか》の最期はかなり激しい描写が続きますよね。今井四郎《いまいしろう》も木曽義仲《きそよしなか》が討たれたと聞くと、刀を飲み込んで馬から落ちて串刺しになるし。教科書でも義仲《よしなか》の最期はよく扱われるのですが、それにしてはショッキングなシーン。

誰の訳で読むか？

谷頭　僕はやっぱり古川日出男《ふるかわひでお》訳で読むのがおすすめです。現代語訳にあたって、言葉のリズムを、非常に気にしながら訳されているので。もちろん事実を正確に訳すことも気にされていると思うのですが、それと同じかそれ以上に**言葉のリズムを感じられる**ように書いてある。体言止めが多用され、句点で切るタイミングも工夫されていて、すらすら読める。先ほど話にあがった木曽義仲《きそよしなか》のくだりも、原文でも面白いですが、古川訳で読むと、最後の今井四郎《いまいしろう》と木曽義仲《きそよしなか》の会話はかなり感動しますよ。

三宅　『平家物語《へいけものがたり》』はリズムを大事にしている訳を選ぶのが良いですよね。

谷頭　あとは読み始めるとしたら、那須与一《なすのよいち》が出てくるような**有名な合戦シーンから読む**のもいいかもしれません。宇治川の戦いあたりからは、とにかく有名な場面が続くし、それより前はわりと政治的な話が多いから。

三宅　もう**最後を先に読んでみるのもあり**かもしれないですよね。

谷頭　安徳天皇が入水するシーンだけでも、心を揺さぶられます。

三宅　「子どもを巻き込むな、子どもを！」みたいな気持ちになっちゃいますけどね。

1 印刷技術がない時代において写本が作品の伝達手段だった。

コラム

古事記《こじき》 ドラマティックファンタジー

『古事記』 奈良時代の史書。712年成立。天武《てんむ》天皇が稗田阿礼《ひえだのあれ》に誦《よ》み習わせていた伝誦《でんしょう》を元明《げんめい》天皇の命で太安万侶《おおのやすまろ》が記録・編集した。天地の始まりから推古天皇の時代までの歴史が記述されている。

谷頭

作り物的な神話の世界

僕、『古事記《こじき》』がけっこう好きなんですよね。『日本書紀《にほんしょき》』と並ぶ、言わずと知れた日本神話ツートップのうちの一つ。『日本書紀《にほんしょき》』が全部漢字で書かれた中国由来の〝漢文〟であるのに対して、『古事記《こじき》』はいわゆる「和語」で書かれているものです。『古事記《こじき》』で好きなのは、『日本書紀《にほんしょき》』よりも物語の展開がドラマティックかつ躍動的であるところなんですよね。僕はやっぱり未だに厨二病《ちゅうにびょう》みたいなところがあって、「神話」ってだけでかっこいいというか、そそるものがあるなと。

しかも実際読んでみると、簡潔にまとまっていて、案外読みやすいんですよね。言葉は難しいところもあるんですけど、全体は短いですし。『古事記《こじき》』は上・中・下とあって、中盤~後半はいわゆる歴史、実在した天皇についての話ですが、〝神話〟といわれる部分は、文庫本一冊もないくらい。

そんなふうにコンパクトにまとまっている一方で、展開はコロコロ変わるから面白い。

三宅 けっこうバンバン展開していきますよね、『古事記《こじき》』って。

谷頭 そうなんですよ。しかも読む前からなんとなく聞いたことあるような、イザナギ・イザナミ、アマテラス、スサノオという神様たちが、オールスターのようにバーッて登場してきて、ひたすら話が展開していく。アベンジャーズみたいなんですよね。
原文で読まなくても現代語訳で読んでみると、普通に「面白いな」って思える古典の一つじゃないかな。それこそ書かれた当時の昔の人にとっても〝神話〟って〝ファンタジー〟なので、今読んでもやっぱりファンタジーとして楽しめる。
逆に言うと、『源氏物語《げんじものがたり》』みたいな作品を読むときに障壁となりがちな、平安時代の常識、古典の常識を知らなくても、直感的に楽しく読める。初めに「古典作品読んでみたいけど、何から読んだらいいのかな」という人にもおすすめです。

三宅 私も『古事記《こじき》』は印象に残っている作品ですね。というのも、私は大学のときに国文学を専攻していたんですけど、先生が『古事記《こじき》』についてしっかり教えてくださったんですよね。『古事記《こじき》』の授業をよく受けていたんです。なので自分で読み始めたというよりは大学で学んだという入り方だったんですが、『古事記《こじき》』ってけっこうアクロバットなことやるなあという印象があります。

谷頭 あるある。

三宅 やっぱり〝神話〟だから。「イザナミは火の神を産む際、体に火傷《やけど》をして死んでしま

谷頭

った」みたいなエピソードがあったり、その後、夫のイザナギが黄泉国《よもつくに》までイザナミに会いに行ったけど、妻の姿に恐れをなして逃げてしまい、イザナミは絶縁の言葉として、「人間を1日1000人絞め殺す！」って言ったり、一見過激な生死の話がすぐ登場しますよね。「この神、意外とサクッと死んじゃった!?」という驚きもあるし。それに兄弟姉妹のような家族関係によってどんどん世界・物語が動いていくので、お家騒動のような面白さもある。

歴史物語だけど、なんとなく作り物的な側面があるというか、現代のファンタジー映画を見ているような、わくわくする感覚がある作品というのも共感できます。

『古事記《こじき》』が〝作り物〟的であるというのは、鋭い指摘だと思います。〝神話〟って、昔

からあった想像・空想の話という印象が強いですが、『古事記《こじき》』は、当時の政府が作為的に作った側面も強いので。

だから「日本の最初の物語は何か」と聞かれたときに、『竹取物語《たけとりものがたり》』（＝「かぐや姫」）って答えが一般的だと思うんですけど、僕は『竹取物語《たけとりものがたり》』よりも早く書かれた『古事《こじ》記《き》』の方がよっぽど意識的につくられた〝物語〟のように見える。〝物語作品〟として作っていないにしても、〝物語的なもの〟として読めるようにも思うんですよね。

谷頭

物語に隠された現実の比喩

あと『古事記《こじき》』のアクロバットな物語が面白いなと思うのは、例えばヤマタノオロチという大蛇を退治するみたいな、一見ファンタジックなストーリーが、実は日本で本当にあった具体的な現象についての比喩《ひゆ》である点だと思うんですよね。つまり、『古《こ》事記《じき》』をじっくり読んでみると、「当時、日本でこういうことがあった」という事実を、ファンタジックに語ったものとして作られていることが非常によくわかる。
その非常に有名な例が、ヤマタノオロチ退治です。大蛇・ヤマタノオロチを退治したのはスサノオという神。このスサノオは日本の国土を平定した、当時でいう「大和朝廷」トップの人の比喩。つまり天皇の比喩なんです。そしてヤマタノオロチも、八つの首と八つの尾っぽを持つ大蛇として描かれているんですが、それも実際に島根県に

あった川がモチーフになっているんですよね。

三宅 へえ、面白い。

谷頭 その川、ものすごい濁流だったそうなんです。川って濁流だと、支流がいくつも伸びていくじゃないですか。どんどん土砂を作ってしまって。そうやって川が分岐していく様子を大蛇・龍に見立てて、神話では「ヤマタノオロチ」と呼んだんだそうです。

三宅 そうなんだ。

谷頭 物語では退治の前に「ヤマタノオロチが1年に1回その地方の娘を一人さらっていってしまう」ということが語られるんですよね。つまり、本当に1年に1回くらい川が氾濫して、地元の人たちが流されて亡くなってしまうことの比喩なんです。そしてその川をスサノオが退治する。要するに治水事業なんですよね。暴れる川を治めて、国を作っていくという話と、完全にパラレルになっていて[1]。

三宅 なるほど、すごい。じゃあヤマタノオロチは氾濫する川のことだったんですね。

谷頭 そういう比喩ロジックがわかると、さらに『古事記《こじき》』って面白いなと思うんですよね。

三宅 すごく論理的ですよね。

谷頭 『古事記《こじき》』は実は非常に考えられて作られているし、その背後には日本という国やその神話を「何とか作りたい」と頑張る当時の統治者の思いがあった。だからそういう意味でも、直感的にファンタジーとして読んでも面白いし、構造的に分析してメタフ

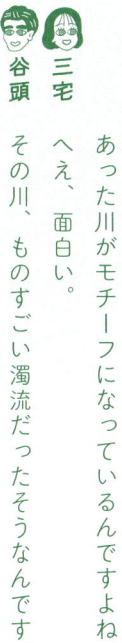

アーを読み解いても面白い。そうした二重の意味で、ぜひ読んでいただきたいと思っています。

1 この話はヤマタノオロチの死体から草薙剣（くさなぎのつるぎ）を取り出すところで終わるが、これがたたら製鉄技術のことだったという話もある。ヤマタノオロチの襲撃も、製鉄の過程で山を掘削《くっさく》した結果の土砂崩れの比喩だったという話もある。

第3章

日記文学のはなし

旅とダジャレとお酒の話がなぜ「文学」になったのか？

土《と》佐《さ》日《にっ》記《き》

『土佐日記』 平安時代前期の日記。935年頃成立。作者は紀貫之。土佐守の任期を終えた紀貫之が、土佐（現在の高知県あたり）を出て京に着くまでの55日間にわたる旅の紀行文。ある女性が書いたという形をとり、仮名文字で書かれている。

ちっとも文学的ではない？

三宅　今回は『土佐日記《とさにっき》』です。実は私がまさに高知県出身なんですよ。地元だと『土佐日記《とさにっき》』はいわゆる名物扱いなのですが、そのわりに作中における高知の人の書かれ方ってひどいんですよね。**ずっとお酒飲んで酔っている**。もちろん当時、高知の漁師の身分が高いわけがなく。そもそも貴族である紀《きの》貫《つら》之《ゆき》が庶民に言及していることも、平安時代の庶民の姿が残されていることも、貴重だし面白いのですが。高知出身としては「高知の人って、本当にこのときからお酒をたくさん飲んでいたのか」と苦笑しました。昔から日本酒を造って飲んでいるんだなと……。

谷頭　前に、日本酒の歴史の本を読んでいたとき、『土佐日記《とさにっき》』が参照されていたのを思い出しました。実際に高知の人は昔からお酒をたくさん飲んでいて、文化として盛んだったそうですね。

三宅　そうした飲酒の描写も含めて、『土佐日記《とさにっき》』はさまざまな面白さが詰まっている作品だと思います。**文学として、日記や旅の記録として、庶民の姿の記録として、そして歴史史料として、いろんな側面がある。**

谷頭　基本やっぱり船旅の記録なんですよね。旅立つときも「ちょっと全然動かんやないか、船」みたいにツッコむところも面白い。

三宅　そう。**ひどいときは「昨日のおなじところなり」だけで、1日終わることもあるし。**

谷頭　「昨日と同じところにいる」と。

三宅　教科書で『土佐日記《とさにっき》』を扱うときって、基本的には「赴任先で子どもを失った紀貫之《きのつらゆき》の悲しみ」にフォーカスをして紹介することが多いのですが、それだけだと、『土佐日記《とさにっき》』の本当に面白いところがわからない。実際にすべて読んでみると、**紀貫之《きのつらゆき》の子どもはほとんど出てこない。**ほとんど船が動いてないし、動いているときもひたすら海賊に怯《おび》えている。

三宅　作品全体としては**旅の記録とダジャレが多い。**いわゆる「文学」らしいテーマが、子どもを失った悲しみを描くあの場面にしかなかったんじゃないかとも思います。その小《こ》松《まつ》の場面でさえ、実は**「ちょっと子どものことを思い出した」くらいのテンションで書いている**気もします。

谷頭　土佐から都までの船旅で、海賊に襲われる可能性もそうですし、ちゃんと和泉（現在の大阪府あたり）までたどり着けるのかも不安な旅路。己の命の危険のことで頭がいっぱいといいますか、子どもの思い出まで考えている暇があまりなかったのではないかな。

三宅　確かに。たまに、どこかの港で5日間連続停泊しているときが出てくるじゃないですか。そうすると、だんだん暇になってきて、歌を詠んだり、子どもへの思いも出てきたりしますよね。

谷頭　**船が停まっているときにようやく、人はちょっと文学的なことを言いたくなるのかも**。船の上にいて動いているときには、それどころじゃない。

三宅　あと私が気になったのは、紀貫之《きのつらゆき》はいわゆる歌人として有名なのに、案外日記が歌の話をフォーカスしていないですよね。

谷頭　そうなんです。ときどき、在原業平《ありわらのなりひら》のエピソードが出てくるくらい。途中で詠む歌も「子どもが詠んだ歌ですよ」という設定で書くものもあって、素朴な歌が多い。

三宅　全体的にとらえどころのない作品。あとはやっぱりダジャレが多い。

例えば『土佐日記《とさにっき》』の序盤に「上中下《かみなかしも》、酔ひあきていとあやしく鹽《しほ》海のほとりにてあざれあへり」っていう一文があります。これは要するに「上中下身分関係なく、飲み会で全員酔っ払っていて、(海のように塩が濃い場所では魚も腐らないはずなのに)みんな腐ったようにふざけていた」という意味で、「あざれ」の部分が「ふざける」意味の「戯《あざ》る」と、「腐る」意味の「鯘《あざ》る」が同音のダジャレになっている。

よくある解説では、『土佐日記《とさにっき》』は和歌の掛詞《かけことば》(p204)の手法が散文で使われているのが良い、とされているんですけど……。**要するにダジャレじゃん、と私はツッコミを入れたい(笑)**。なんなら紀貫之《きのつらゆき》も「フフ」って笑いながら書いていたんじゃないか。古典を読むにあ

たって、ちゃんと深い文学性を見出さないといけないのか、という疑問が残ります。

谷頭　そうなんですよね。**しかもダジャレも別に面白くもない**。そこが重要。「これが面白かったの……?」というか、逆に滑りすぎて面白いところもある。

三宅　すごくわかります。今でいう偉いおじさんの話を聞いている気分っていうか。

谷頭　そうなんですよね。いわゆる親父ギャグ。

なぜ女性のふりをしてひらがなで書いたのか？

谷頭　あと、僕はやっぱり謎だと思うんですよね。紀《きの》貫《つら》之《ゆき》が女性のふりをして、ひらがなで書いたという、この作品全体の設定が。

教科書では、当時男性の書き物だった漢文では情緒表現がしづらかった一方で、女性が使っていた仮名文字は和歌でも使われていて情緒表現がしやすかったと。だから、紀《きの》貫《つら》之《ゆき》は細かい気持ちを表現するために、女性のふりをして仮名文字で書いた、と説明されるのが一般的ですが、僕はどこか腑に落ちない。

女性のふりをする理由もそうですし、そもそも男にとって仮名で書くと細かい心情を表せる、というのは本当かな、と。だって中国では漢文体の物語もあるじゃないですか。別に漢文でも心情って書けたんじゃないかなって。

しかも『土佐日記《とさにっき》』って**特別に細やかな心情表現が出てくるわけでもない。**どちらかというと記録体。女性が書いたほかの平安日記文学の方が、細やかなことを書いている。

三宅　女房たちが書く日記をまねようとしたことはわかるけれど、なぜ、なんのために、女性のふりをしてひらがなで書いたのか。理由がわからない。

谷頭　そうそう。ここからは僕の想像まじりの読解なのですが、『土佐日記《とさにっき》』には途中で「宇多《うだ》の松原《まつばら》」という地名が出てくる。僕が読んでいた解説によると、ここが唯一漢字で書かれている地名なんだそう。でもここで大事なのが、この「宇多《うだ》の松原《まつばら》」って想像上の地名で、実際には存在しないんですよ。じゃあ何なのかというと、宇多《うだ》天皇の「宇多《うだ》」。宇多《うだ》天皇は紀貫之《きのつらゆき》の和歌の才能を認めていたのですが、紀貫之《きのつらゆき》が土佐守《とさのかみ》の在任中に亡くなってしまっているんですよね。だから、宇多《うだ》天皇をしのぶ意図もあって「宇多《うだ》」という名を出したのではないかといわれている。

かつそれだけが漢字表記になっているわけで、**全体をひらがなで書いたのは、**

その名を際立たせる意図もあったんじゃないかと思いました。もちろんそれだけではないと思うんですけどね。

三宅　「見渡せば松のうれ毎《ごと》にすむ鶴は千代《ちよ》のどちとぞおもふべらなる（松原を見渡していると、松のところに住んでいる鶴が松をずっと変わらない友達だと思っているみたいですね）」という歌がある箇所ですね。松も鶴も永遠を表すモチーフなので、鎮魂だけではなく、**宇多《うだ》天皇の威光が今後も続くことを願った意味もありそう。**

谷頭　ちなみにこれは紀貫之《きのつらゆき》ではなく、「舟にいる人が詠んだ歌」という設定なのですが、本当は、紀貫之《きのつらゆき》が昔詠んだ歌の焼き直しなんです。もとは松が描かれた屏風絵《びょうぶえ》に対する「屏風《びょうぶ》歌」だったそう。『土佐日記《とさにっき》』は紀行文という体裁をとっているけれど、「宇多《うだ》の松原《まつばら》」はそもそもがかなりフィクションなんですよね。

三宅　古い日記文学なのに、**現代の実験小説を読んでいるみたい。**

そこまで面白くないのに、なぜ残ったのか？

谷頭　文学史の流れで言うと「フィクションを入れ込んで日記的なものを書く」手法を最初にと

三宅

ったのが、おそらく『土佐日記《とさにっき》』だったんですよね。それまでは日記というと、公務日記で、『土佐日記《とさにっき》』より時代はあとですが、『小右記《しょうゆうき》』や『御堂関白記《みどうかんぱくき》』のようなものが主だった。それが遊びなのか意図はよくわからないけれど、**フィクションを入れ込んで語る方法が生まれて、いわゆる日記文学につながっていく**。

でも『土佐日記《とさにっき》』を本当に日記文学の始まりとして位置づけていいのかは、議論がわかれているみたいです。

考えてみると『土佐日記《とさにっき》』の影響を受けた文学って、あまりない気がする。当時もどれぐらい読まれていたんでしょう。

『土佐日記《とさにっき》』の女性を装って書くスタイルも、ほかの作品で見られるわけではない。だから『土佐日記《とさにっき》』がなぜこんなに後世まで古典として残ることができたのか、不思議。

でも興味深いなと思うのは、**『土佐日記《とさにっき》』って、平安時代の中ではほぼ唯一、作者の自筆に限りなく近い形で写本が残っている作品なんですよ**。

『源氏物語《げんじものがたり》』や『枕草子《まくらのそうし》』でも、その原本や本人の写しは残っていないし、基本的に誰か他者が写して残している。そのため、現存する写本同士でもそれぞれに異同が見られるくらい、作者の自筆からはズレてきちゃうんです。

でも『土佐日記《とさにっき》』は、紀貫之《きのつらゆき》の自筆を忠実に模写した「為家本」という資料が残っている。珍しいことなんです。ここからは私の妄想ですが……**紀貫之《きのつらゆき》自身が周囲に命じて写本をたくさん作っていたんじゃないかな!?** とかつい考えてしまいます(笑)。言ってしまえば、『土佐日記《とさにっき》』は紀貫之《きのつらゆき》自身の権威をもって残ったのかもしれないな、と。紀貫之《きのつらゆき》の実家はいい家柄でしたからね。

谷頭

なるほど面白いですね。結局、古典作品の権威って、その作品自体に価値が内在しているというより、時代背景による偶然の要因、教育に即していえば、**教室で扱いやすかったからたまたま教科書に採録された**、というような要因によっても形成されていくものなんです。

だから『土佐日記《とさにっき》』が残ったのもそうした理由に近いのかなと。カノン＝正典になりやすい作品の特徴としても、しっかりとした写本が残っていて研究がしやすい、ということが条件の一つだし。紀貫之《きのつらゆき》が実際に持っていた権威によって残って、いつしか日本古典の正統という位置におさまっていたものの、改めて読んでみると本当に正統性があるのかは、疑問の余地がある。

三宅

藤原定家《ふじわらのていか》が写した写本が残っているのも大きい。定家《ていか》はいろんな作品を写しているので、

定家《ていか》が写したから私たちの時代まで残って正統な古典になっているものがとても多いんです。『土佐日記《とさにっき》』は紀貫之《きのつらゆき》本がちゃんと残っていて、それを定家《ていか》が写したからこそ、ほぼ原文を残すことができた。『源氏物語《げんじものがたり》』は読んだ人が面白いと思ったからどんどん写本になったわけですが……『土佐日記《とさにっき》』はそういうものとはまた違うのかもしれない。『土佐日記《とさにっき》』はある意味、紀貫之《きのつらゆき》が権威ある男性だったからこそ、原文が残ったのかも、と。

谷頭　確かに。いわゆる「日本の古典」が形成されるにあたって、定家《ていか》が果たした役割はかなり大きいとよくいわれていますよね。今我々が考えている古典とは、実は定家《ていか》が作ったんだという研究者もいますし、とにかく定家《ていか》のお墨つきは大きな効力があった。

三宅　『土佐日記《とさにっき》』は、紀貫之《きのつらゆき》が歌人だったことも大きいかもしれない。**定家《ていか》は和歌が専門なので、「業界の大先輩の日記！」ということで『土佐日記《とさにっき》』をちゃんと写本にしたのかな。**妄想ですが。いやしかし、定家《ていか》って働き者で偉すぎる。『源氏物語《げんじものがたり》』『伊勢物語《いせものがたり》』や『更級日記《さらしなにっき》』など、定家《ていか》が働いたからこそ残った古典文学が日本には大量にある！

そもそも藤原定家《ふじわらのていか》は、平安末期〜鎌倉初期に生きた貴族歌人でしたが、鎌倉幕府第3代将軍である源《みなもとの》実朝《さねとも》の和歌の先生をするほどの権威を持っていました。そんな彼はいろんな政権争いに敗れて、人生の最後に自分好みの『小倉百人一首《おぐらひゃくにんいっしゅ》』を編むことになる。結局、**文学を作りだすのは権威だけがすべてじゃないのが面白いところ**。そういう一つ一つの偶然があって、いまいろんな古典を読むことができているんですよね。

蜻《かげ》蛉《ろう》日《にっ》記《き》

『源氏物語』にも影響を与えた平安版「発言小町」？

『蜻蛉日記』平安時代中期の日記。作者は藤原《ふじわらの》道綱母《みちつなのはは》。上中下三巻から成る。藤原兼家《ふじわらのかねいえ》との結婚生活を中心に、954〜974年までの半生が描かれる。『更級日記』の作者・菅原孝標娘《すがわらのたかすえのむすめ》は姪にあたる。

主婦文学×タワマン文学？

谷頭　次は『蜻蛉日記《かげろうにっき》』。僕は初読としては少し苦手だったんですよね。和歌の応酬《おうしゅう》と繊細な心情表現が続いて、少し読むのに苦労を感じるところもあって。

あとは作者の藤原道綱母《ふじわらのみちつなのはは》が苦しんでいてかわいそうではあるんだけど、一方で夫である藤原兼家《ふじわらのかねいえ》はそれなりに位が高い〝偉い〟人で、そういう**偉い人なりには、作者のことを気遣ってくれている**ようにも感じたんですよね。兼家《かねいえ》も大変だな、って。

三宅　なるほど、男性目線で読むとそう感じるのか。面白い。『枕草子《まくらのそうし》』や『更級日記《さらしなにっき》』のコンパクトさに比べると、『蜻蛉日記《かげろうにっき》』は長いなーと感じるのはわかる。

私は田辺聖子《たなべせいこ》さんの『蜻蛉日記《かげろうにっき》をご一緒に』（講談社）が昔から好きなんですよ。田辺聖《たなべせい》子《こ》さんによる『蜻蛉日記《かげろうにっき》』解説講義録ですが、序文が秀逸。田辺さんが、女性の作家の新人賞で審査員をしていると、そこに集まってくる作品はいわゆる「手記風なもの」が多かったらしいのです。それで、田辺さんは、「『蜻蛉日記《かげろうにっき》』は女の人の書いた〝手記〟ではないか」と書いている。

紫式部《むらさきしきぶ》や清少納言《せいしょうなごん》と異なり、藤原道綱母《ふじわらのみちつなのはは》は宮仕えをしていません。**要するに『蜻蛉日記《かげろうにっき》』は「主婦文学」のはしりだと言えるのでは。現代で、雰囲気が近いかなと思うのは、女性向け雑誌の投稿欄やWEBの掲示板「発言小町」**。そこで女性の方が夫の愚痴《ぐち》や、家庭が大変だというエピソードを書いて投稿していますが、ああいうものって読むと面白いんですよね。**主婦がひたすら家庭のことを書いて、書きながらストレス発散して、読む側もそれに共感してストレス発散する**。それに近いものが1000年前からあったってすごいなと。

私はこういうものが好きなんですけど、男性が読むとちょっと「ギャッ」となるのもなんとなくわかるな。

谷頭

なるほど、そう思うと興味深いですね。

三宅

あと**『蜻《かげ》蛉《ろう》日《にっ》記《き》』が面白いなと思うのは、主人公のおかれている環境の変遷。**作者の藤《ふじ》原《わらの》道《みち》綱《つなの》母《はは》は、もとの身分はそんなに高くない。受領階級といって、貴族の中では中の上ぐらい。紫《むら》式《さきしき》部《ぶ》も同じくらいだったみたいですね。でも道《みち》綱《つなの》母《はは》はかなり美人だったようで、歌も上手で才能もあった。そこで位の高い藤《ふじ》原《わらの》兼《かね》家《いえ》に求婚される。あけすけな言い方をしてしまえば、「玉の輿」だった。

でも**いくら「玉《たま》の輿《こし》」に乗ったとしても、そのあとがけっこう大変なんだ、ということを書きつける**のが『蜻《かげ》蛉《ろう》日《にっ》記《き》』。自分の容姿を磨いたり、立ち居振る舞いを洗練させたりしなくてはいけない。結婚にこぎつけても、結局、女性は大変なんだと。

アイツ絶対
ナメくさっとんな
カタカタ カタカタ カタカタ カタカタ カタカタ カタカタ カタカタ カタカタ

それを平安時代の貴族の主婦が書いているのは、先進的ですよね。

谷頭

なるほど、それを聞くともう1回読みたくなりました。

いわゆる「タワマン文学」って、タワマンに住んだ人の成功談や満足話じゃないんですよね。むしろそれでもなお満足できない人間の話でもあって。そういう意味で言えば、藤《ふじ》原《わらの》道《みち》綱《つなの》母《はは》も、玉の輿で当時のトップ層の暮らしを得られたにもかかわらず、こんなにも苦しんでいて、それを書きつけているのはまさに主婦文学×タワマン文学ですね。

愛人への嫉妬《しっと》がハンパない

三宅

それこそプロポーズの場面も『蜻蛉日記《かげろうにっき》』には描かれている。最初はちょっと藤《ふじ》原《わらの》道《みち》綱《つなの》母《はは》のお母さんや家の人たちもワタワタしているわけですよ。高い身分の人からのプロポーズに混乱しつつ、沸いているというか。玉の輿が決まって最初は実家がハッピーな雰囲気だった。

でもそのあと兼家《かねいえ》は、二人目の女性……時姫《ときひめ》も妻にする。しかも時姫《ときひめ》の子は道長《みちなが》のように時の権力者になり、詮子《せんし》のように入内《じゅだい》する。一方で自分の息子の道綱《みちつな》は、全然出世もしないし、そもそも政治が上手くなさそう。要は、愛人の息子の方が出来が良さそうだぞ、と。**このあたりを読んでいると、現代の「お受験戦争」みたいだなと感じるんですよ……。**タワマンに住むくらいお金を持っている人ほど、子どもをいい学校に合格させるためにいい塾に通わせる。ちょっと意地悪な目線でいうなら、親が子どもを介して代理戦争をしている、とも揶揄《やゆ》されますよね。

『蜻蛉日記《かげろうにっき》』でも**「あの女が産んだ子が、何であんなに出来がいいんだ」**みたいなこと書いているじゃないですか。もちろん恋愛的な意味で嫉妬もあると思うんですけど、今でいう「お受験戦争」に付随する感情の原型を読む感じもする。

谷頭　あともう一人、兼家《かねいえ》と関係していた町の小路《こうじ》の女も登場するじゃないですか。

三宅　道綱母《みちつなのはは》は絶対に名前を書かないで「あの女」みたいな書き方しますよね。

谷頭　相当軽蔑していましたよね。結局はだんだん兼家《かねいえ》も町の小路の女のところに行かなくなるわけですが**「まあやっぱりそのぐらいの女だったよね」**みたいなことを書いていて。すげえ嫌いじゃん、と思ったんですよね。扱いがひどすぎる（笑）。

三宅　相当ひどいこと書いていますよね。「いふかひなく悪《わろ》きこと限りなし（言うまでもなく本当に悪いことが限りない）」と言っていて、もう悪いことの最上級扱い。「わが思ふやうに、おし返しものを思はせばや」といって**「その女性への嫉妬で私が苦しんだのと同じぐらい苦しい思いをしてほしい」**とも書くじゃないですか。貴族のお姫様が「そこまで書く？」と思って、私はそのあけすけさがかなり面白くて好きなんですよね。

谷頭　本文の中ではこの町の小路の女が天皇の孫だったんじゃないかと思わせる記述話もあるみたいです。自分より高い位の人だったのがあとからわかった、みたいな。だからある意味では、作者と近い境遇の女性だったわけですよね。同族嫌悪だったのかなって。

三宅　子ども産んで夫に冷められてね。

谷頭　それで同族嫌悪になるところもすごくリアルだなと思いました。

三宅　あとこの辺を読んでいると、**『源氏物語《げんじものがたり》』への影響をたくさん感じるのも面白い**なと思いました。『蜻蛉日記《かげろうにっき》』は『源氏物語《げんじものがたり》』よりも成立が少し前なんですよね。貴族女性の間で回し読みされていたようで、紫式部《むらさきしきぶ》も読んでいたみたい。

谷頭　紫式部《むらさきしきぶ》の『源氏物語《げんじものがたり》』も女性同士の嫉妬が、大きなテーマの一つじゃないですか。最初の「桐壺」でも、帝が桐壺更衣《きりつぼのこうい》に惚れ込んでいるときって、桐壺更衣《きりつぼのこうい》より身分が高い人ももちろん嫌がったけど、桐壺更衣《きりつぼのこうい》と同じぐらいの身分の人がより嫉妬した、みた

三宅

いな一文がある。この一文は本当に嫉妬を的確に表現していると思うんです。**紫式部《むらさきしきぶ》も『蜻蛉日記《かげろうにっき》』を読んで学んだからこそ書けた**のかなと。

『源氏物語《げんじものがたり》』への影響としては、葵祭《あおいまつり》の場面も有名な話ですね。

葵祭《あおいまつり》は、宮中の人々が着飾って京都の街を行進していくお祭りなんですが、貴族のお姫様だと牛車《ぎっしゃ》に乗って見物する。もちろん藤原道綱母《ふじわらのみちつなのはは》も牛車に乗って見に行くんだけど、そこに浮気相手の時姫《ときひめ》もやってくる！　二人は初めて遭遇してしまうんです。**お互いに「あいつの車や」ってなる**。

葵祭《あおいまつり》は行列見物がメインのお祭りで、みんな、お目当ての人を見るために来ているので、お目当ての人が目の前にやってくるまで待つ時間は暇なんですよね。そこで道綱母《みちつなのはは》は、こんな上の句を時姫《ときひめ》に送るんです。

道綱母「あふひとか聞けどもよそにたちばなの」（あなたに会える日だと聞いているけれど、あなたは向こうに牛車を停めたままで、挨拶にも来ないのね？）

すると時姫《ときひめ》は下の句を返してくる。

時姫「きみがつらさを今日こそは見れ」（あなたが来てくれるかと思っていたのに、挨拶もないなんて薄情な人だなと今日は思ったわ）

谷頭　……もう**女同士のバトル**ですよね。

こんなふうに葵祭《あおいまつり》は『蜻蛉日記《かげろうにっき》』の有名なシーンではあるんですけど、これってどう考えても**『源氏物語《げんじものがたり》』の葵上《あおいのうえ》と六条御息所《ろくじょうのみやすんどころ》の「車争い」につながる**んですよ。

葵祭《あおいまつり》の話を読んだときは「二人とも気が強すぎる」と思いましたけど。こんな話がすでに書かれていたからこそ、『源氏物語《げんじものがたり》』の「車争い」の話が出てきた。

しかも『源氏物語《げんじものがたり》』の「車争い」より過激。「車争い」では下男たちが勝手に揉《も》めたのがきっかけで、当人たちは直接はやりあっていないのだけれど、**こっちは直接対決していますもんね。**

三宅　しかも藤原道綱母《ふじわらのみちつなのはは》は、帰ってからその出来事を夫の兼家《かねいえ》に言っているんですよ。でも兼家《かねいえ》も兼家《かねいえ》で**「あいつは『食いちぎってやりたい』とか言わなかったんか？」**と、めっちゃ笑っていた（原文は「『食ひつぶしつべきここちこそすれ』とや言はざりし」とて、いとをかしと思ひけり）。どういう反応なんだよ。

谷頭
激ヤバだなぁ。お前のことで揉めとるんやで、と言ってやりたい（笑）。

コロコロ変わる気持ちを描く力

三宅
『蜻蛉日記《かげろうにっき》』ってエピソードの描写力も高いし、心情を文章にする力が高い。『蜻蛉日記《かげろうにっき》』以前だと、『伊勢物語《いせものがたり》』のように和歌で自分の気持ちを表現していた一方、散文はまだ出来事をそのまま書いている感じがする。
でも**『枕草子《まくらのそうし》』『蜻蛉日記《かげろうにっき》』の時代になって、初めて内面を散文として書く文化が出てきた印象があります。**もちろん今は残っていない作品もあるので、明確にこの作品で初めて内面が描かれたと言いたいわけではないのですが。でも『蜻蛉日記《かげろうにっき》』を読むと、1000年前にここまで個人の内面を描写できていたこと自体、すごいことだなと。**現代の人が読んでも思わず「ふふっ」と笑ってしまうような的確な心理描写を、客観的に自分で自分のこととして書いている。**こうした素晴らしい作品があったからこそ、時代の集大成として『源氏物語《げんじものがたり》』のような大作が生まれ得た。

谷頭

そうですよね。当時、女性が自分の裁量でできることはかなり限られていたじゃないですか。そこで内面的な不満が表出してきて、こういう細やかな心情表現をするに至った。読者の女性たちも共感して読むから、広がっていったのだとも思いますし。
文学史的には『源氏物語《げんじものがたり》』って、それまであった「作り物語」と「歌物語」の二つの系譜の集大成として語られるんですけど。『源氏物語《げんじものがたり》』の成立にあたってそれ以上に大事だったのは『蜻蛉日記《かげろうにっき》』に描かれた**細やかな心理描写や、当時の女性が抱え込まれた苦悩**だったんですよね。
それに物語の作り方として元ネタがそこにあったという事実も、『源氏物語《げんじものがたり》』を読むときに知っておくと面白いところ。

三宅

今回葵祭《あおいまつり》の話をしましたが、その前の章は、かなり雰囲気がいいシーンなんですよ。兼《かね》家《いえ》の家に、道綱母《みちつなのはは》が看病しに行く話。
そんな場面があったあとに、葵祭《あおいまつり》のバチバチの場面がくる。そんなふうに**日付が変わるともういきなり気分が変わる感じが『蜻蛉日記《かげろうにっき》』の面白さ**だなと。
『枕草子《まくらのそうし》』や『和泉式部日記《いずみしきぶにっき》』はもう少しテンションが一定な気がするけれど。あくまで私の印象ですが、『蜻蛉日記《かげろうにっき》』は男女関係に主眼を置いているからか、作品全体にちょっ

谷頭

と情緒不安定なところがあるような。例えばある日は「兼《かね》家《いえ》のこと好き」って書いていたのに、別の日は「もう絶対に別れる」みたいなことを書いている。でもそこが読んでいて面白い。というか、ここまで自分の嫉妬心や情緒不安定さを言語化できていたこと自体にちょっとグッときちゃうんですよね。でも、そこが怖いと感じてしまう男性もいるんだろうな。田《た》辺《なべ》聖《せい》子《こ》さんも先ほど紹介した本の中で、男の人に「『蜻《かげ》蛉《ろう》日《にっ》記《き》』がおもしろい」という話をすると、「かなわない」と言われると書いていました（笑）。

もちろん、男性が浮気する話だから読みにくいのかもしれないけど、それ以上にちょっと情緒不安定な文体が、男性の「かなわない」を呼び起こしているのかなとも思う。

これは完全に推測でしかないけれど、『蜻《かげ》蛉《ろう》日《にっ》記《き》』が『源《げん》氏《じ》物《もの》語《がたり》』などに比べて相対的に教科書での影が薄いのも、もちろん内容が大人向けだということもある一方で、男性研究者がある種忌避しているところもあるんだと思う。**教科書を作っているのって、男性研究者だったり、教員も男性が多かったりするので。本当は面白い作品なのに、ストップがかかってしまっているのかもしれない。**

2024年は大河ドラマ『光る君へ』で『蜻《かげ》蛉《ろう》日《にっ》記《き》』の話も出てきましたし、これから

『蜻蛉日記《かげろうにっき》』再発見ブームがくるといいんですけどね。

紫式部に「けしからん」と言われた天然女性エッセイ

和泉《いずみ》式《しき》部《ぶ》日《にっ》記《き》

『和泉式部日記』平安時代中期の日記。11世紀初め頃の成立。作者は和泉式部とされるが、諸説あり。1003年4月の帥宮敦道との出会いから帥宮の自邸に引きとられるまでの記録。10カ月にわたる恋模様が贈答歌を中心に描かれる。

谷頭

激しすぎる恋愛を書いた日記？

今回は『和泉《いずみ》式《しき》部《ぶ》日《にっ》記《き》』ですね。日記文学の流れを振り返ると、まず日記形式とフィクションが入り混じった『土佐《とさ》日《にっ》記《き》』があり、そこから『蜻蛉《かげろう》日《にっ》記《き》』のような金字塔《きんじとう》的作品が登場して、女性の気持ちを日記として表現するのが慣習としてできてくる。そのあとに、『和泉《いずみ》式《しき》部《ぶ》日《にっ》記《き》』と『紫《むらさき》式《しき》部《ぶ》日《にっ》記《き》』という女性による日記文学が二つ、ほぼ同時期に出てくるんですよね。

和泉《いずみ》式《しき》部《ぶ》と紫《むらさき》式《しき》部《ぶ》は6歳差ぐらいで、紫《むらさき》式《しき》部《ぶ》の方が少し年上だったのですが、『紫《むらさき》式《しき》部《ぶ》日《にっ》記《き》』で、和泉《いずみ》式《しき》部《ぶ》について**「文章面白いし歌も上手なんだけれどもけしからん女だ」**みたいに書かれているのが有名な話です。

三宅　紫《むらさき》式部《しきぶ》と和泉式部《いずみしきぶ》は同じ彰子《しょうし》（藤原道長《ふじわらのみちなが》の娘）のもとに仕えていた同僚なんですよね。だから二人は距離としても近いところにいた。

谷頭　『和泉式部日記《いずみしきぶにっき》』の感想としては、「日記」とタイトルがつけられているんだけど、まず、これって日記文学なの？　と疑問を抱いた。要するに和泉式部《いずみしきぶ》自身のことを書いているけど、**自分のことを三人称で「女」って書いている**んですよ。もはやこれは物語なんじゃないか、と。いずれにしても、非常に虚構性が高い文章ですよね。
あと、改めてやっぱり和泉式部《いずみしきぶ》は激しい恋愛をしていたんだなあ、と（笑）。師宮《そちのみや》敦道《あつみち》親王との駆け引きも面白かったですね。

三宅　お互い焦《じ》らし合っていますよね。

谷頭　そうそう。ずっと手紙で。

三宅　**「まだやるんか」ってくらい焦らし合う**、敦道《あつみち》親王と和泉式部《いずみしきぶ》。

谷頭　久々に敦道《あつみち》親王から手紙が来たと思ったら、今度は女の方から返さなくなって、ちょっとつれないこと言ってみたり。
あとは車の中で契りを結んだとか、敦道《あつみち》親王が「朝を告げる鳥が鬱陶《うっとう》しくて、鳥を殺したんだ。あはは」みたいな和歌を歌うとか、全体的に激しい恋愛。

三宅

和泉式部《いずみしきぶ》が自分のことを、客観的に**「敦道《あつみち》はこういう女のことを可愛いと思っているのだろう」**と書いているのもツボでしたね。客観的に自分のいい評価を書くって、すごい度胸やな、と。

『和泉式部日記《いずみしきぶにっき》』は前回の『蜻蛉日記《かげろうにっき》』との対比で読むこともできます。常に自分視点で内面を書き綴っていくのが『蜻蛉日記《かげろうにっき》』だとしたら、『和泉式部日記《いずみしきぶにっき》』はもっと客観的な視点で、和泉式部《いずみしきぶ》自身をセルフプロデュースしながら書いている。だから若干演出過多といいますか、内面をリアルに描くというよりは、「自分が主人公の物語」を描いているのではないか、と。まあ、これは私の印象ですけどね。

現代に置き換えると、**「恋愛スキャンダルが多いインフルエンサーが自分の恋愛に関するエッセイを初めて書いてみた」**という作品だと思えば、『和泉式部日記《いずみしきぶにっき》』は読みやすいんじゃないかな。

『和泉式部日記《いずみしきぶにっき》』はセルフプロデュースエッセイとして読める。

谷頭

そうですよね。『和泉式部日記《いずみしきぶにっき》』って和泉式部《いずみしきぶ》本人がわかるはずないような状況まで書くじゃないですか。例えば敦道《あつみち》親王とその奥さんのやりとりとか。そこまですごい客観的な視点で書くことで、全体として、**「和泉式部《いずみしきぶ》とその周りの状況」**を人々に伝

三宅

えるための、セルフプロデュースの作品にしているんでしょうね。

そもそも和泉式部《いずみしきぶ》の恋愛遍歴って、凄まじいんですよ。現代に伝わっているだけでも、四人くらいの男性と公に恋愛する。**その中にまさかの親王《しんのう》（天皇の息子で、東宮《とうぐう》候補のこと）がいた。**冷泉《れいぜい》天皇の第三皇子・為尊《ためたか》親王に、和泉式部《いずみしきぶ》は寵愛を受けていたんです。

実は和泉式部《いずみしきぶ》は、一般的に親王から寵愛を受けるような高い身分の女性ではないのです。紫式部《むらさきしきぶ》とともに彰子《しょうし》の女房をしているくらいですから。でも、親王と恋愛しちゃう。しかも和泉式部《いずみしきぶ》はすでに人妻だったのに（笑）。

結局、為尊《ためたか》親王との仲が公になってしまい、和泉《いずみ》式部《しきぶ》は、夫である道貞《みちさだ》と離婚。さらには父親か

らも勘当されてしまいます。『源氏物語《げんじものがたり》』の主人公・光源氏の女性版みたいですよ。

だけど、それだけで彼女の人生は終わらない。為尊《ためたか》親王が病死してしまうんです。すると、**いつのまにか為尊《ためたか》親王の弟・敦道《あつみち》親王と結婚し、敦道《あつみち》親王の正妻《せいさい》は家から出ていっちゃう**。もうスキャンダルどころじゃない。しかも最後はちゃっかり、さらにもう一人と結婚して終わるし。**かぐや姫もびっくりのノンフィクション**です。

『和泉式部日記《いずみしきぶにっき》』にはちらほら男性と交わした和歌がそのまま載っているじゃないですか。今でいえば親王とのLINEを公開するようなもの。そりゃ紫式部《むらさきしきぶ》も同僚として「あいつはさすがにどうなんだ」と批判したくなる（笑）。

でも親王の兄弟それぞれと恋愛する、なんて当時の大スキャンダルだった。

だから**「実際私はノリノリだったわけではなくて、相手から言い寄られただけなんです、だから仕方なくこうなったんですよ～」**と周囲に弁明したかった、という側面もあるのではないかと。

三宅

和泉式部は元祖サークルクラッシャー？

私が最も好きなのは、敦道《あつみち》親王との夜を初めて過ごした翌日のエピソード。為尊《ためたか》親王が亡くなったあと、和泉式部《いずみしきぶ》はその弟の敦道《あつみち》親王に言い寄られる。結局二人は一夜をともにするのですが、**当時は「後朝《きぬぎぬ》の歌」という、男女が一夜明けたあとに男性から和歌を送る風習があった。**そのやりとりが、こちらの和歌。

敦道親王「恋と言へば世のつねのとや思ふらん今朝《けさ》の心はたぐひだになし」
（恋なんて、あなたにとってはよくあることでしょうが、今朝の私はこれまでにない心地です）

和泉式部「世のつねのこととも更に思ほえずはじめてものを思ふ朝《あした》は」
（私もよくあることだなんて思えませんわ、こんなに切なくなる朝、はじめて）

……つまり和泉式部《いずみしきぶ》は「本当にこんな恋愛をしたのは初めてです。こんなに切なくなる朝なんてなかった」と送る。要するに**「お兄さんとのときよりもあなたと別れ**

る方がずっと切ないし、こんな気持ちになったの初めて」ということじゃないですか。和泉式部《いずみしきぶ》の恋愛遍歴がすごいなんて誰もが知っているし、当然、敦道《あつみち》親王も知っているんだけど、それでもなお、このピュアな返答ができる和泉式部《いずみしきぶ》に彼もやられてしまったのではないかと。

谷頭　「本当はないだろう」ってわかっているんだけど好きになっちゃうやつですね。テクニックがすごいというか、恋愛に慣れている人なんだなと思いますよね。

三宅　もともとお兄さんと恋愛していたことを知っている人に対して「こんな朝初めて」なんて、普通恥ずかしくて言えなくないですか。それを堂々と返しちゃう。すごいよ。

一見それすら演出なんじゃないかとも思うんですけど、これは私の偏見ですが、**恋愛上手な人って全部本気なんですよ！** 普通の人からしたら「ちょっとベタだな」と思うようなことを本当にピュアに没入して、本気でやっているからモテるんだとも思うんですよね……。

逆に紫式部《むらさきしきぶ》は、こんなに没入している和歌を詠まない。常に冷静で俯瞰《ふかん》して見ている。自分のことも日記では客観的に見ている。タイプが全然違うんです。

ちなみに和泉式部《いずみしきぶ》は、百人一首に「あらざらんこの世のほかの思ひ出にいま一度《ひとたび》の逢ふこともがな」という歌を残していて。これは「自分がいなくなったあとに何か思い出にしたいから、もう1回会ってください」とも、「私が死んだあともあなたに思い出してもらえるように、もう1回会いたい」とも解釈できるような歌。**何がすごいって、この和歌を晩年に詠んでいるんですよ。**もうすぐ死ぬってときに、これを詠めるのがすごい。1000年後もモテ女として名を馳せる理由がここに。

谷頭 確かお墓も全国に十数カ所あるらしいですよね。思い出してほしすぎて、いっぱい作っちゃったのかな。

三宅 **モテの波動も感じざるをえない。**全国のいろんな人から好かれたんだろうなと。でも和泉式部《いずみしきぶ》って**現代だったら、とんだサークルクラッシャーになっているところだなと思いますよ。宮中クラッシャー……。

谷頭 わかります。こういう人がよくないのって、意図せずいろんなコミュニティを壊してしまうところですからね。

三宅 でも芸術的才能はあるし魅力的な人だから、みんな吸い寄せられちゃう。和泉式部《いずみしきぶ》も親王をクラッシュさせるくらいは魅力があったんだろうなと思いますよね。

谷頭 「親王をクラッシュ」ってすごいワード。

父親から勘当されても恋愛を続けるし、かつ亡くなったら親王の弟にも手を出して。本当に元祖サークルクラッシャーですね。

谷頭

紫式部《むらさきしきぶ》はその才能を見抜いていた？

紫式部《むらさきしきぶ》が和泉式部《いずみしきぶ》を批判しているのは冒頭にも書きましたが、人物像だけでなく歌人としての評価も面白いんですよね。**紫式部《むらさきしきぶ》、彼女のことを褒めているようで、実はちょっとディスっている。**そこを見ると「恥づかしげの歌よみやとはおぼえはべらず」（こちらが恥ずかしくなるほど素晴らしい歌人だとは思いません）と紫式部《むらさきしきぶ》は言う。

でも「『口にと、歌のよまるるなめり』とぞ見えたるすぢにはべるかし」とも書いていて、この「詠まるる」の「るる」には「自発」の意味がある。つまり「勝手にそうなる」みたいな意味。だからこれは「和泉式部《いずみしきぶ》の歌は、自然と歌が出ちゃっているように見えるんだ」といった訳になるわけなんですが、これはつまり「歌はそこそこいいんだけど、感覚的に詠んでいる」みたいな評価だと思う。**和泉式部《いずみしきぶ》ってある種の天才肌の持ち**

主だと紫式部《むらさきしきぶ》は言っていると思うんですよ。恋愛の話もそうなんだけど、感覚派なんですよね。作為がなくて。

三宅 恋愛も和歌も、天性の才能的な感覚によって、人を楽しませたり喜ばせたり、あるいは狂わせてきたんだろうな。それを紫式部《むらさきしきぶ》は見抜いていたのかもしれないと思うと面白いですよね。まあ、セルフプロデュースの話でいえば、そのように見られるところまでこの作品や歌を作っていたのかもしれないけど。

先ほど『和泉式部日記《いずみしきぶにっき》』は日記だけど、虚構性も高い作品だという話をしましたよね。考えてみると、どれくらい虚構を入れるか、和泉式部《いずみしきぶ》はかなり感覚的に書いていたのかもしれない。先ほども私たちは「和泉式部《いずみしきぶ》がなぜ『女』という主語を使ったのか」という話から、そこに和泉式部《いずみしきぶ》の作為を読みとろうとしていたわけですが……実際本人はそこに意味を考えてなくて、それっぽく書いただけだった可能性もある。**私たちも和泉式部《いずみしきぶ》の手のひらで転がされているのかもしれない。**

谷頭 本当に感覚的なアーティストだったのかもしれないですね。

「世のつねのこととも更に思ほえずはじめてものを思ふ朝《あした》は」という歌が登場するときに面白いと思ったのですが、ここって**衣装や容姿に関する記述があんまりない**

んですよ。全体を通じての特徴かもしれないんですけど、このあたりの部分は特に「直接的に心でこういうふうに感じた」ということを書いていて。でも不思議なことに読んでいると二人の立ち居振る舞いや姿が頭に浮かぶんですよね。

解説では「作者の意図が外見ではなく二人の心の交流にあったことを雄弁に物語る」と書いてあったのですが、確かに**心の機微に焦点を当てた作品**だなと改めて思いました。

三宅 わかります。和泉式部《いずみしきぶ》って容姿や衣装についてもそうですし、和歌を多く書き残しているわりには、季節に合わせて何かするような描写もあまりないですよね。
例えば『蜻蛉日記《かげろうにっき》』では、葵祭で時姫に歌を送る際、「橘の実に葵をからませて送った」みたいな、細やかなことを描いているのに比べて、そういう描写は『和泉式部日記《いずみしきぶにっき》』にはない。

谷頭 単純に和泉式部《いずみしきぶ》のクセなのかもしれないですよね。容姿の細かいところには書くときにあまり気が向かない。
先ほども、紫式部《むらさきしきぶ》による歌人としての和泉式部《いずみしきぶ》批評に触れましたが、古い歌の知識や理論的なバックボーンがないから、季節の言葉を入れたり、本歌取り《ほんかど》といった技巧はあまり

なくて、**思ったところを直接歌う人だった**んでしょうね。

三宅　紫式部《むらさきしきぶ》の観察眼もすごいなと思いますよね。よく見ているなあと。そう考えると、『源氏物語《げんじものがたり》』って細かすぎるくらい衣装の描写があるなあ。やっぱり紫式部《むらさきしきぶ》からすれば「和泉式部《いずみしきぶ》はなんやねん」と思うのもわかる。

谷頭　紫式部《むらさきしきぶ》は、「感覚派ふわふわ女子」みたいなのは絶対嫌いそう。嫌いっていうか、わかり合えないんでしょうね……。

三宅　でもそう考えると、和泉式部《いずみしきぶ》も清少納言《せいしょうなごん》も紫式部《むらさきしきぶ》も、みんなものを書く女性で、芸術系なんだけど、それぞれタイプが全然違いますよね。**でもどのタイプも現代に置き換えたら「いるいるこういう人」と思える**。

この時代の女性文学者だと紫式部《むらさきしきぶ》と清少納言《せいしょうなごん》が対比されることが多いですが、和泉式部《いずみしきぶ》もかなりキャラが濃い。紫式部《むらさきしきぶ》・清少納言《せいしょうなごん》に比べると影が薄いけど、面白いし、もっと知られてほしいなあ。

あまりにも悲しい紫式部の実像とは？

紫《むらさき》式《しき》部《ぶ》日《にっ》記《き》

『紫式部日記』平安時代中期の日記。11世紀初めの成立。作者は紫式部。一条天皇の中宮彰子に仕えていた1008年秋から1010年正月までの記録と、書簡体で記された「消息文《しょうそこぶみ》」と呼ばれる部分とから成る。

SNSの鍵アカみたいな日記？

谷頭 次は『紫《むらさき》式《しき》部《ぶ》日《にっ》記《き》』をとり上げたいと思います。僕はどちらかといえば、古典の中でもちょっとふざけているものや、軽みのある作品が好きなんです。その意味では、**『紫《むらさき》式《しき》部《ぶ》日《にっ》記《き》』は軽さとは対極にある。**かといって、僕、嫌いではないんですけどね。

三宅 激重ですよね。

谷頭 そう、**書かれているのがもう〝怨みつらみ〟**。だからX（旧ツイッター。以下X）でいえば、鍵アカですよね。鍵アカで、職場の悪口や自分の生い立ちへの〝怨みつらみ〟をずっと言っている。**特に読んでいい気持ちにはならないけど、でもなんか共感できる。**『紫《むらさき》式《しき》部《ぶ》日《にっ》記《き》』ってそんな作品だと思うんです。これまでもお話ししてきたことですが、古典を読む面白さの一つは、現代に生きる我々とシンクロするポイントがあるということ、その楽しさですよね。

例えば、『紫式部日記《むらさきしきぶにっき》』の有名な一節。彼女は漢文が非常に得意だったんですが、当時漢文は男性の役人が読み書きするものだとされ、女性からは遠ざけられていた。これはそのことをクリアに描いているエピソードなんですが、紫式部《むらさきしきぶ》の父親はいわゆる平安貴族の中でも非常に漢文が得意な人だった。だから自分の子どもにも漢文をたくさん教えている。紫式部《むらさきしきぶ》にも弟がいたので、父親は彼に漢文を教えるんですが、どうもその弟はあまり賢くなくてなかなか理解できない。しかし、その傍らで父の講義を聞いていた紫式部《むらさきしきぶ》は頭が良くて、聞いているだけなのに、どんどん覚えて理解できるようになる。結果的に、弟よりも紫式部《むらさきしきぶ》の方が漢文ができるようになっていくんですよね。それを見た紫式部《むらさきしきぶ》の父は、**「お前が男だったら良かったのになあ」**と言うんです。

三宅 ええ〜。

谷頭 今もそういう親はいますよね。例えば、とても勉強ができる女の子に対して、「男だったらもっと役に立つのに」って言ってしまう、そういう意味でのいわば「毒親」みたいな。こうしたこともあって紫式部《むらさきしきぶ》はその後、**自分の賢さがむしろコンプレックス**

になってしまう。

当時は宮中で、上流貴族が天皇や天皇の奥さんに仕えていくわけですけど、紫式部《むらさきしきぶ》もそういうキャリアをたどる。宮中を舞台にしたOL生活がはじまっていくんですよね。その中でやっぱり自分が非常に賢いんだと感じてしまう。例えば漢文ができることを周囲に知られると、出る杭は打たれる、いじめられてしまう、と危機感を覚えるんです。実際に紫式部《むらさきしきぶ》が宮中で仕え始めた初期にはそういった嫌な目にあったようで、そこから生きるすべとして、**彼女は「馬鹿っぽく振る舞う」っていう戦法をとる**んです。それを表す言葉として、「『一』といふ文字をだに書きわたしはべらず」って原文にある。「だに」は現代語でいう「〜さえ」、つまり、**「私、漢字の『一』の字さえも書けないんですよー」みたいに、馬鹿っぽい自分を演じる**ことで、会社・OL女性社会の中を生き延びていくさまが書かれている。すごく現代的な話でもあるんじゃないかと。

三宅　あのあたりは本当に涙なしには読めない。

谷頭　やっぱり今も、当時より制度としては男女平等になったとはいえ、エリートな女性に対して揚げ足をとるような物言いってあるじゃないですか。その意味でも、すごく現代に通じ

るところがある作品だなと。

三宅 ありますよね。男性は調子に乗っていてもかわいげとして見られるけれど、女性が調子に乗っていると見るや否や叩く世間……。

谷頭 女性が男性よりも下にいなきゃいけないみたいな認識って、今も根強いもの。それゆえに「馬鹿っぽく」生きる、後ろに下がって生きる、そういった振る舞いをせざるを得ない方ってけっこういると思うんです。それはもちろんいい状態ではない。そういうことが1000年以上前の平安時代からすでにあった。**しかも文才があるから、非常にリアルで生々しい書き方で書かれていていてグッとくる。**

普段は僕はこういう重いのはあんまり好きじゃなくて、どちらかというと『枕草子《まくらのそうし》』みたいに笑

えるものの方が好きなんですけど、『紫式部日記《むらさきしきぶにっき》』に描かれている鬱屈《うっくつ》には、惹かれるものがある。

三宅

『源氏物語』でも苦労を描いた？

私も『紫式部日記《むらさきしきぶにっき》』はとても好きですね。『紫式部日記《むらさきしきぶにっき》』を読んでから『源氏物語《げんじものがたり》』を読むと、本当に**悲しくなるくらい紫式部《むらさきしきぶ》の気持ちがよくわかる**ようになる。例えば『源氏物語《げんじものがたり》』の中に「雨夜の品定め」という有名な場面があります。男性キャラ同士で、理想の女性像を語り合ったり、逆にネガティブな意味で「こんな酷い女がいた」とエピソードを披露《ひろう》するんですね。その中に「学者の娘に『ニンニクを食べたので几帳越しでないと会わない』と言われた」という話が出てくる。さらに、その前に彼は「その学者の娘が漢詩文の知識をひけらかしているので、とりあえず漢詩の作り方を教わったけど、劣等感を覚えてつらかった」とも述べている。紫式部《むらさきしきぶ》自身が学者の娘ですし、ニンニクというギャグも、どうやらそれが**紫式部《むらさきしきぶ》自身のことを自虐《じぎゃく》して書いているのかもしれない**、と。なんというか、笑えるエピソードとして披露されてはいますが、作者のことを考えると、私は切なくて悲しくなってくる。

つまり、本当は漢文の読み書きといった自分の能力を他人に知ってもらいたい、でも男性に嫌がられるからできない、そんな自分に対する自虐やコンプレックスの表現なのではないかと。紫式部《むらさきしきぶ》自身の「賢さコンプレックス」が強かったからこそ、こういった表現が生まれたのではないかと思うんです。

『紫式部日記《むらさきしきぶにっき》』を読んでから『源氏物語《げんじものがたり》』を読むと、そういったコンプレックスが彼女の中でどれぐらい大きかったのか、本当によくわかって、切なくなりますね。

谷頭　そう。だから物語を書くことでしか、自分の能力が発揮できなかったわけですよね。

三宅　『紫式部日記《むらさきしきぶにっき》』で、紫式部《むらさきしきぶ》は実家の女房からも**「漢文なんか読んでいるから幸がうすいのだ」**みたいなこと言われているんですよ。そんなことを言われながらも、虫くいになった漢文の本を、大人になった彼女は読むんです。つらいシーンですけど、でも少し現代にも通じるところがあるのが切ない。

なぜ清少納言のことが嫌いだったのか？

谷頭　それでいうと、紫式部《むらさきしきぶ》の清少納言《せいしょうなごん》に対する評価にも、彼女の不遇さやコンプレックスが影響している点は興味深いと思います。有名な部分ですが、この日記の中で、清少納言《せいしょうなごん》のことについて「物知り顔で、知識をひけらかしている」と書き「そんな人にいい末路があるだろうか？」とまで書く。散々ですよ（笑）。ざっくりした分け方ですが、**紫式部《むらさきしきぶ》はネクラで、『枕草子《まくらのそうし》』の著者・清少納《せいしょうな》言《ごん》はネアカ**なんですよね。紫式部《むらさきしきぶ》からすれば、いわゆる清少納言《せいしょうなごん》はパリピ的に映っていたといってもいい。だからどちらもいわゆる「インテリ女子」なんだけど、清少納言《せいしょうなごん》の方が、その才能をのびのびと活かせて、華やかに活躍できている人だった。中宮に仕えるという状況自体は同じだし、清少納言《せいしょうなごん》がいた定子《ていし》サロンが非常に自由闊達《かったつ》でのびのびしていた、ということも多分に影響しているとは思いますが。

三宅　そうですね。

谷頭　世間に対して上手く生きのびている清少納言《せいしょうなごん》に対して、上手く生きられないと感じる紫《むらさき》式部《しきぶ》。だからこそ、紫式部《むらさきしきぶ》は清少納言《せいしょうなごん》に対して屈折したものを抱いてしまう。だから

三宅 『紫式部日記《むらさきしきぶにっき》』で、かなりこきおろしているんですよね。
でもそれは、例えば**エッセイストと小説家の違いみたいなもの**でもあるのかもしれない。単純に性質・性格が違う。だから、紫式部《むらさきしきぶ》は清少納言《せいしょうなごん》のことを強くこきおろすんですけど、そのあとに自虐も書き連ねていたりする。あとは『紫式部日記《むらさきしきぶにっき》』は、宮中描写もとてもリアル。OLの仕事場風景を描いていますが、文章が上手すぎる。

谷頭 アルファブロガーみたいな感じよね。

三宅 **清少納言《せいしょうなごん》の『枕草子《まくらのそうし》』はInstagramっぽくて、紫式部《むらさきしきぶ》『紫式部日記《むらさきしきぶにっき》』はXやブログっぽい**ような印象があります。

谷頭 紫式部《むらさきしきぶ》の時代にネットがあったら絶対ブログ書いていますよね。

三宅 pixivで天下とっている気がします。

谷頭 逆に紫式部《むらさきしきぶ》の一つの不幸は、当時ネットがなかったことだとも言えるかもしれない。

三宅 紫式部《むらさきしきぶ》も『紫式部日記《むらさきしきぶにっき》』では「物語についておしゃべりする人とは手紙を書き交した」みたいに書いているので、**テキストコミュニケーションは好きな人だった**んでしょうね。ただやはり、当時ネットもありませんでしたし、書いたものが広まること自体が稀有《けう》だった。藤原道長《ふじわらのみちなが》が見つけたことで、才能が『源氏物語《げんじものがたり》』という形で残って良かったなと思います。1000年以上前に女性が書いた長編物語『源氏物語《げんじものがたり》』が残るって、それ自体ある意味「奇跡」みたいなことですよ。

谷頭　残る物語／残らなかった物語という文脈でいうと、ほかの平安期の日記などを読んでいても、現存していない謎の物語がけっこう出てきますよね。誰が書いたかもわからない作品。『更級日記《さらしなにっき》』に出てくる「かばね尋ぬる宮」とか。

三宅　そもそも紫式部《むらさきしきぶ》に、物語について語り合える友達がいたという事実を考えると、**その友達の物語知識ってかなり深い**と思うんです。紫式部《むらさきしきぶ》と対等に物語についておしゃべりしたり、手紙を交換したりできる人たちということでしょう。
例えばそういう人たちの「残らなかった」物語も、読んでみたかったなと思いますよね。

谷頭　書かれていたけど、なくなってしまっているものがたくさんあったのかもしれない。

三宅　奇跡的に今に残ったのが、『源氏物語《げんじものがたり》』をはじめとした物語ということなんでしょうね。

谷頭　そういう意味では、**今でいう同人誌界隈みたいなものがあったのかもしれない**ですよね。残るものもあれば残らないものもある。
しかし、『源氏物語《げんじものがたり》』も全部読んでみると、よくこんな長い物語が残ったなあ、と思わされる。それぐらい当時ウケたからなんでしょうけど。

三宅 うんうん、こんなに長いものよく書けたなって気がしますよ。

谷頭 本当ですね。今回紹介した『紫《むらさき》式《しき》部《ぶ》日記《にっき》』は、暗いですけど、共感できることもあって少しグッとくる、そういう意味でおすすめの作品ですね。

三宅 絶対面白いので、本当におすすめです。

平安オタク女子の推し日記が面白すぎた！

更級日記《さらしなにっき》

『更級日記』平安時代中期の日記。1060年頃成立。作者は菅原孝標娘《すがわらのたかすえのむすめ》。13歳の頃から51歳の頃までの、物語に憧れた少女時代、宮仕え、結婚後の生活、夫との死別など、自身の人生を回想的に記したもの。

地方に住むオタクあるあるある

三宅

私の昔からずっと好きだった古典が、この『更級日記《さらしなにっき》』ですね。『更級日記《さらしなにっき》』は平安時代中期に、菅原孝標女が書いた日記文学。彼女は物語を読むのがすごく好きだった。有名なエピソードだと、少女時代の菅原孝標女は母や姉の語る**『源氏物語《げんじものがたり》』を読んでみたい気持ちが強すぎて、物語を手に入れるための祈願をすべく、自分の等身大の仏を彫っちゃったりしていた**、という。親が寺にこもるとき一緒についていっても「どうか物語を読ませてください」と願っていたと。何を祈願しているんやという話ですが。まあ、**今でいうオタク的な女の子の日記文学**なんです。

古典の教科書にも大抵この冒頭が載っていますが、実は有名じゃないシーンも全部、すごく面白い。現代の方がむしろ『更級日記《さらしなにっき》』の作者に共感する人は多いのでは？　と私はいつも思っています。最近「推し」という言葉が流行ったり、「オタク」という言葉もだいぶメジャーになりましたが。菅原孝標女《すがわらのたかすえのむすめ》も、そういう価値観の人なんですよね。現実の人間関係もいいけど、自分の好きな作品について耽溺《たんでき》したり喋ったり、**「好きな作品を愛することこそが人生の喜びだ」という価値観が『更級日記《さらしなにっき》』にはナチュラルに描かれている**んです。「平安時代にもやっぱこう思う人っていたんだ！」と思えて、読むたび新鮮な喜びがあります。それこそ、推しのいる高校生の子とか、好きな漫画やアニメ、作品がある人にぜひ読んでほしいです。

谷頭

平安時代に書かれたと思えないような気にさえなりますよね。それこそ現代語訳で読むと、**「現代にいるアニメオタクが、めちゃくちゃ聖地巡礼行きたくて、でも、地方に住んでいるから、そんなに新幹線とか飛行機のお金もないし……。でも、どうにかしてアニメの舞台に行きたい」**みたいな、そんな感じなんですよね。最初読んだとき、笑っちゃった。

三宅

菅原孝標女は、日記の冒頭では、常陸《ひたち》（現在の茨城県あたり）という地方に住んでいるんですよね。

谷頭　そうそう。

三宅　地方に住んでいるから、「物語というとても面白いものがこの世にはあるらしいが、自分の手元にはない」というエピソードから始まるんですよ。物語の話を、お母さんやお姉さんがしている。でも自分の手元にはない。だからこそ、どうにかしてその物語を読みたい、と祈る。自分もそうでしたが、地方にいて、例えば「あのアニメのイベントが東京であるらしいけど、行けない。どうにかして行きたい」と思う感覚、「なんかライブというものがあるらしいが、行ってみたいな」という欲望が1000年前にもあったんですよね。

平安時代の貴族の女性というと、『源氏物語《げんじものがたり》』をはじめとして、恋愛のイメージが強いかもしれませんが、『更級日記《さらしなにっき》』には、恋愛の話が全然書か

れてないんですよ！ 本当に好きな物語の話ばっかり書いている。そういう、**現実の恋愛より虚構の恋愛にのめり込んでいる感じも、「オタクって平安時代からいたんだ」と思いますね。**私、『更級日記《さらしなにっき》』を読んでいたら「自分かな？」ってマジで思うんですよね。

谷頭　錯覚するっていう（笑）。古典文学とかって、平安時代の話が中心で、今とは全然違う世界ですよね。だから、文法とか社会的背景の問題とかが理解を妨げてしまっていて。でも、古典で書かれたものを現代語訳して、現代でわかる言葉遣いに直して読むと、**「めっちゃ自分じゃん」って思う**ことがある。『更級日記《さらしなにっき》』はその代表格ですよね。

三宅　「私かな」と思う箇所、いっぱいありますよね。

オタクのリアルな人生

谷頭　今回改めて読み直して新鮮に驚いたのは、『更級日記《さらしなにっき》』は、教科書レベルで掲載されているところだと、『源氏物語《げんじものがたり》』好きのオタク少女が、「とにかく『源氏物語《げんじものがたり》』を読みたい」って言っている話だという印象が強い。それもすごくチャーミングなんだけど、実は後半部

三宅

分になると、少し雰囲気が変わってくる。人生も後半にさしかかってきて、主人公が自分の人生を振り返るんですよね。そのときに**「やっぱり人生って物語だけじゃないな」って回想する**んですよ。「悟り」みたいなね。後半は仏教みたいな話になってくる。

そういう意味で、オタク女子が10～20年経って**「私が推しに費やしていたお金とあの時間は何だったんだろう」**みたいに、すごく虚無になる。で、振り返ってみれば夫は特にうだつが上がるわけでもないし、「物語で見た憧れのキラキラした世界と今の現実のギャップとは……とほほ……」となってくる。そこまで書いているじゃないですか。それがけっこう、衝撃的で。そこまで含めて、「めちゃくちゃ現代にもいるよな、こういう人」って思う。

私が『更級日記《さらしなにっき》』で一番好きなシーンが、アラサーになった菅原孝標女《すがわらのたかすえのむすめ》が、結婚したあとに悟る場面。「昔は光源氏《ひかるげんじ》みたいな人と結婚したいって思っていたけど、結婚してわかった。光源氏《ひかるげんじ》なんてこの世にいるわけがなかったんだ！」と（笑）。本当にそう書かれているんですよ。そのうえで**「私、なんて狂った夢を見ていたのかしら」**みたいに彼女は綴るんです。共感しかない。私が書いたのかな？ と思った。

谷頭 その話を聞いているだけでも、心に来るものがありますよ。現実と理想のギャップっていうとありがちだけど、なんていうか夢見る少女の悲哀がこんなに鮮明に描かれているのは驚きです。

三宅 最初からの変化を読むと、ちょっと泣けてきちゃうんですよ。

谷頭 中高生とか大学生、20代ぐらいの、なんか「ちょっとまだ夢がある」「キラキラしている」ってところの高揚感から、「人生ってそんなんじゃないよな」っていう悟り。う〜ん。人生。

三宅 アラサーになるんですよ、オタクが。

谷頭 実際に菅原孝標女《すがわらのたかすえのむすめ》がこの本を書いたのって、当時の年齢の感覚ではもう40〜50代に近いんですよね？

三宅 **亡くなる直前の40〜50代ぐらいまで書いている**。夫が亡くなってからの話もあります。なんと、家事が大変で、物語から離れちゃう時期もあったり。リアルですよね。でも、女友達との手紙のやりとりは最後まで続いていくんです。本当に現代の女性のような生涯だと思いますね。

谷頭 本当ですね。**断片で読むだけでも「ここにはなんか人生があるな」みたいに思う。**

三宅　平安時代の女性エッセイというと、『蜻蛉日記《かげろうにっき》』『枕草子《まくらのそうし》』が有名ですが。「いや、私は『更級日記《さらしなにっき》』の地位をもっと上げたい！」と心底思っているんです。『更級日記《さらしなにっき》』は読みやすいし、短い。なので、古典文学初心者の人もここから入ってみてほしいな。

谷頭　『和泉式部日記《いずみしきぶにっき》』のときも言っていた気がするけど……（笑）。

『源氏物語』より先に読むか、あとに読むか？

谷頭　とにかく三宅さんイチオシなのはとてもとてもわかりました（笑）。実は自分も初心者向けにっていうのにはとても賛成で、特に古典初心者が躓《つまず》きがちな和歌がそれほど多くないし、わりかし読みやすい。
話していて思い出したんですが、高校の教科書だと、『更級日記《さらしなにっき》』は『源氏物語《げんじものがたり》』を読む前の導入教材として扱われることが多いんですよね。教科書の配列を調べていくと、基本的に『更級日記《さらしなにっき》』は『源氏物語《げんじものがたり》』の前に配置されていることが多い。

三宅　そうなんですか。

谷頭　そうそう。**『更級日記《さらしなにっき》』を読んで、「じゃあ、その作者がすごく読みた**

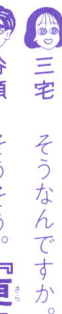

いという『源氏物語』ってどんなんだろう」という感じで『源《げん》氏《じ》物《もの》語《がたり》』に入る。こういう教え方、そしてそれに基づいた教科書の配列が固定化されているっていうのもあるらしい。

三宅　本来は逆の方が面白いんじゃないかなとも思うんですよね。というのも『源《げん》氏《じ》物《もの》語《がたり》』で憧れるヒロインの話が『更《さら》級《しな》日《にっ》記《き》』に書かれていて。

谷頭　ほうほう。

三宅　そこで彼女が挙げているのが、**夕《ゆう》顔《がお》と浮《うき》舟《ふね》なんですよ。この二人はね、菅《すが》原《わらの》孝《たか》標《すえの》女《むすめ》みたいな文系女子が憧れるの、めっちゃわかるんです。**全然恋愛体質ではない、むしろ恋愛に最初はそんな興味なさそうで、だけど男性から勝手に言い寄られるヒロインなんです。なによりも二人とも、身分が高くない！　例えば、朧《おぼろ》月《づき》夜《よ》みたいな、身分も高くて和歌もうまくて積極的なヒロインじゃない。夕《ゆう》顔《がお》と浮《うき》舟《ふね》は、ぼーっとしているだけで男の人が勝手に言い寄ってくれる……というとちょっと意地悪な言い方になってしまいますが、まあ何をかくそう私もこの二人のエピソードは少女漫画っぽくてすごく好きなんですよね。この二人のチョイスだけでも、菅《すが》原《わらの》孝《たか》標《すえの》女《むすめ》にすごくシンパシーを感じてしまう。こういうところを読むと、**『源《げん》氏《じ》物《もの》語《がたり》』はいろんな身分の女**

性を出したところが人気の秘密なのかも、とわかったりします。こんなふうに『源氏物語《げんじものがたり》』がわかってから読む『更級日記《さらしなにっき》』は最高です。

谷頭 初心者向けにどうぞ、と言いつつ、『源氏物語《げんじものがたり》』を読んでからだと面白い、とも言うっていう（笑）。いろんな楽しみ方ができるってことですよね。

三宅 そうです、そうです。

谷頭 とにかく『更級日記《さらしなにっき》』は、パラレルワールドの三宅香帆が登場人物として出てくるぐらいの感覚で読めるわけですね。たぶん、日記文学の中でもびっくりするぐらいの語りの熱量だったんじゃないですか（笑）？ ひとまず、ここまでが日記文学、といわれているものですよね。『土佐日記《とさにっき》』に始まって、「日記に虚構を交えて書く」という手法が編み出されたあとに、『蜻蛉日記《かげろうにっき》』という金字塔が生まれる。そのあとにいろいろな特徴を持った『和泉式部日記《いずみしきぶにっき》』『紫式部日記《むらさきしきぶにっき》』、そしてこの『更級日記《さらしなにっき》』がある。話していて思ったのですが、**日記文学って本当にジャンルとしてとらえどころがないというか、いろんな作品がありますよね。**

三宅 今回あげられなかった日記文学だと、『讃岐典侍日記《さぬきのすけにっき》』が好きです。

谷頭 実は女性日記文学の系譜はこのあとも、『十六夜日記《いざよいにっき》』や『建礼門院右京大夫集《けんれいもんいんうきょうのだいぶしゅう》』などいろいろ続いていくんですが、この本では割愛。でも、気になった人は、ぜひ「角川ソフィア文庫」などで読んでみるといいですよ！

第４章

随筆のはなし

毒吐いて恋して笑った？
枕《まくらの》草《そう》子《し》

『枕草子』 平安時代中期の随筆。1001年頃成立。作者は清少納言。約300の章段から成る。清少納言は父の没後、一条天皇の中宮定子に仕え、約10年間宮廷生活を送った。藤原行成らとも親しく、その交流も描かれている。

枕草子の基礎知識

谷頭　今回は『枕《まくらの》草《そう》子《し》』、有名な作品ですが、その本当の魅力はなかなか知られていないのでは。

三宅　平安時代中期、990年代に清《せい》少《しょう》納《な》言《ごん》によって書かれた随筆ですね。政治的には藤《ふじ》原《わら》家《け》の権力全盛期。

これが**なんと300章もある**んですよ。非常に短く細かく章立てされている。大体三つの構成に分類されるのですが、一つ目が「類《るい》聚《じゅう》章《しょう》段《だん》」。一つのテーマに沿ってそれぞれ具体例をあげていくもので、教科書でもよくみる「うつくしきもの」「すさまじきもの」がこれにあたります。二つ目が「随想的章段」。日常生活の中で彼女が思ったり考えたりしたことを書いた、いわゆるエッセイですね。そして三つ目が、宮中の出来事を書いた「日記的章段」。清《せい》少《しょう》納《な》言《ごん》は結婚・出産を経たあとで、中宮定《てい》子《し》（藤《ふじ》原《わらの》道《みち》隆《たか》の娘）に仕えるべく宮中に出仕した人なので、ここでは宮中の生活や出来事を毎回新鮮な気持ちで面白おかしく書いています。**内容もバラエティ豊かな随筆になっているので、楽しみ方はいろいろありますね。**

しかも『枕草子《まくらのそうし》』って、清少納言《せいしょうなごん》が宮仕えをした7年間を書いているので、期間としてもかなり長い。**一冊の中に清少納言《せいしょうなごん》の人生が全部詰まっているくらい濃厚な作品なんです。**

毒舌な枕草子

三宅

『枕草子《まくらのそうし》』のどこがいいって、**悪口のキレが鋭い**ところ。

例えば第25段「にくきもの」、腹立たしいことについて書いた章。「急いでいるときにやってきて、話が長い客がムカつく」とか綴られているんですよ。最近もよく「タイパ」っていいますけど、平安時代から時間を大切にする、近しい感覚はあったのかと思うと驚きます。ほかにも「全然いいところがない人が、すごい笑いながらさかんにしゃべっているのが嫌だ」だの、「酒を飲んでわめく人は嫌だ。しかも身分の高い人がそれをやるのは気に食わない」だの書いていて。悪口だけど、なんかわかるなあと笑ってしまう。当時もこういうことが嫌だったんだな、と平安時代が身近に思えます。

谷頭 この時代にもアルハラがあったんだって驚きますよね。そういや、光源氏《ひかるげんじ》も柏木《かしわぎ》にアルハラしていましたね。ここもそうですが類聚章段《るいじゅうしょうだん》はかなり**清少納言《せいしょうなごん》の独断と偏見に基づいています**。

三宅 もう本当に独断と偏見にまみれていますよ。ほかにも「恋人と一緒にいるときに元カノを褒めるやつは嫌だ」とか「夜にこそこそ会いに来る男が、人に見られないようにすればいいのに長烏帽子《ながえぼし》っていって目立つ帽子をかぶってきて、御簾に引っかかったりして音立てるのが無粋で嫌だ」「戸をすごい荒々しく開けるのも嫌だ、ムカつく」みたいなことを書いていて、笑っちゃいます。

谷頭 これ読んだら、**清少納言《せいしょうなごん》の前に出るとき、緊張するでしょうね（笑）**。

三宅 でも悪口を言いつつも「時と場合によってはそれほどでないこともある」みたいなフォローも書いているんです。だから例えば女子会で、誰かが知らない人の悪口を話しているのを聞いて、**「言いすぎだろう、まあでもちょっとわかるかも」と苦笑する感覚に近い**。

教科書的には『枕草子《まくらのそうし》』というと、「うつくしきもの＝可愛いもの」を挙げていくところが有名です。「小さい赤ちゃんの顔を瓜に描くと可愛い」とか「スズメが踊るようにやってくるのが可愛い」とか「幼い子がハイハイしていて、小さいゴミを見つけたときにそれをつまんで大人に見せているのが可愛い」とか。

谷頭　この悪口スキルはどこで培われたんでしょうね。すごい観察眼だなと思いますし。

三宅　清少納言《せいしょうなごん》は**父親が教養人だった**んです。清原元輔《きよはらのもとすけ》といって『後撰和歌集《ごせんわかしゅう》』の選者《せんじゃ》にも選ばれていました。身分は高くないんだけれど、清原家《きよはらけ》は歌人をよく輩出していた。だから清少納言《せいしょうなごん》も、父から影響を受け、教養や観察眼を身につけていったのではないでしょうか。

百合な枕草子

三宅　『枕草子《まくらのそうし》』はなぜ書かれたのか。これに関しては、研究者の山本淳子《やまもとじゅんこ》さんが**「清少納言《せいしょうなごん》が仕えていた定子《ていし》のために書いたのではないか」**と指摘しています。清少《せいしょう》納言《なごん》が宮中に上がった頃は、ちょうど藤原家《ふじわらけ》の誰が権力者になるかと揉めた時期。清少《せいしょう》納言《なごん》が仕えていた定子《ていし》は、最初は一条天皇の妃になるんだけれども、その後藤原家《ふじわらけ》内の政治抗争に巻き込まれてしまう。定子《ていし》のお父さんは亡くなるし、お兄さんがスキャンダルに巻き込まれるし、出産後に病気にかかるし、一条天皇も第二の妃・彰子《しょうし》を迎える。定子《ていし》はどんどん没落して、わずか24歳にはもう亡くなってしまう。

谷頭　そんなに若かったんですね。

三宅　でも清少納言《せいしょうなごん》は『枕草子《まくらのそうし》』で、**定子《ていし》に関する悲しいエピソードを一つも書いていない**んです。定子《ていし》が上手くいっていた時期って清少納言《せいしょうなごん》が仕え始めて一年くらいの間しかないのに、没落し始めてからの悲しい話はほとんど『枕草子《まくらのそうし》』に残されない。

ある意味、定子《ていし》の良い面だけを、清少納言《せいしょうなごん》は書き残した。

『枕草子《まくらのそうし》』で描かれる、定子《ていし》についてのエピソードって、どれも**もはや創作かと思うぐらい美しい**んです。

例えば、清少納言《せいしょうなごん》は一時期調子が良くなくて実家に帰っていたのですが、ある日、定子《ていし》から手紙が来るんです。その手紙には山吹《やまぶき》の花が包まれていて……花びらには「言はで思ふぞ」と書かれている。

これは『古今和歌六帖《こきんわかろくじょう》』に収録されている「心には下ゆく水のわきかへり　言はで思ふぞ

言ふにまされる」という和歌の一節。この和歌を訳すと「あなたへの恋心は地下水が湧き出るみたいに、口には出さないけれどとても強い思いなんです。口に出すよりも強い思いだとわかってくださいね」となります。

つまり定子《ていし》は清少納言《せいしょうなごん》に、この和歌の意味を、**「『言はで思ふぞ』だけでわかるでしょ」**と伝えに来ている。すごいエピソードじゃないですか？　思いも強ければ教養も高い。

ちなみに山吹の花びらにもちゃんと意味がありまして。当時布などを山吹色に染めるときにはクチナシの花を使っていたんですよね。だから「クチナシ＝言葉にできない思い」ということも表現している。これは当時和歌でも使われた表現技法でした。

なんて教養的で、情緒豊かな美しい会話なんだ、って感動。

谷頭　確か定子《ていし》は清少納言《せいしょうなごん》より15歳ほど年下でしたよね。それでも清少納言《せいしょうなごん》は定子《ていし》に強く惹かれたわけですが、これは確かに好きになってしまうかも。

三宅　二人の初対面の場面も印象深くて。冬で寒かったので、定子《ていし》の指先がかじかんでピンクになっていて。清少納言《せいしょうなごん》はその指先を見て、**「このうえもなくすばらしい……こんな人が世にいたのだ」**と思った、みたいに書いてある。なんという描写力。定《てい》子《し》も定子《ていし》で、自分の顔を見せることにまだ抵抗があった清少納言《せいしょうなごん》を、なかなか解放せず、宮中入り初日、ずっと自分のそばに居させたんですね。そしてやっと解放するとき、定子《ていし》は「じゃあもう局《つぼね》（女房の待機部屋）にそろそろ帰っていいけど、夜になったらちゃんと私のとこに来てね」というんですよ。あるいは、**定子《ていし》が清少納言《せいしょうなごん》にいきなり「私のこと好き？」って聞く**エピソードもあるし。**お互い愛が重たくて、びっくり**します。

それこそ清少納言《せいしょうなごん》ほどの文才ならば、定子《ていし》にまつわるスキャンダルも面白おかしく書けたはず。でも絶対に清少納言《せいしょうなごん》は『枕草子《まくらのそうし》』で定子《ていし》のスキャンダルをネタとしては利用しなかった。定子《ていし》がいかに素敵だったか、互いの愛がいかに

強かったか、それを書くことに注力したんですよ。

谷頭　互いにしっかりとした教養があったからこそ、惹かれあったのかもしれないですね。

三宅　それは大きいと思います。一条天皇も漢詩に素養があったようですし、当時は定子《ていし》を中心にして教養的なサロンが形成されていた。このことは文学史的にも非常に重要。ここから『枕草子《まくらのそうし》』や『蜻蛉日記《かげろうにっき》』含め、女性たちの物語や文学の文化が花開くので。**定子《ていし》から平安文学が盛り上がっていく**といっても過言ではない。『枕草子《まくらのそうし》』が書かれたのも、定子《ていし》が清少納言《せいしょうなごん》に紙を与えたことがきっかけだったようですし。

谷頭　確かに。女房同士の物語のやりとりもこうしたところから始まったんでしょうね。あと僕が面白いなと思うのは、清少納言《せいしょうなごん》が定子《ていし》のことを書いてなかったら、後世に定子《ていし》のことは残らなかっただろうということ。「歴史は勝者の物語」という表現がありますが、藤原《ふじわら》家《け》の中で権力を勝ちとったのは道長《みちなが》なわけで、そうすると負けてしまった定子《ていし》周辺の人々は、本来は影となって忘れられてしまうわけです。でも逆に**「文学は敗者の歴史である」**とも思っていて、『枕草子《まくらのそうし》』はまさにそれを実現しているなと思いますよね。

三宅　要するに定子《ていし》は政治抗争に巻き込まれた悲劇のヒロインだった。だからこそ思うのは、清《せい》少納言《しょうなごん》は定子《ていし》について、悲劇のヒロインではなく「こんなに素敵なお姫様だったんだ」

と知らしめたかったのではないか、ということ。その意味で、**清少納言《せいしょうなごん》の思いはオタクの「推し」感情に近い**のかも。推しを布教したい、みたいな。そんなテキストが1000年も残ったと思うと、1000年前から推しは偉大だったんですよね、きっと……。

三宅

笑える枕草子

これは自分で物を書く仕事を始めてから気づいたことですが、清少納言《せいしょうなごん》って、エッセイストとして話の構成がうまいんですよ。ちゃんとオチをつけている。

例えば、定子《ていし》が清少納言《せいしょうなごん》に「私のこと好き？」と尋ねた場面。もちろん清少納言《せいしょうなごん》は「好きです」と返そうとする。でも、ほかの女房がいる部屋から、大きなくしゃみの音が聞こえてきた。

当時くしゃみは縁起《えんぎ》の悪いものだとされていたので、それを聞いた定子《ていし》は、拗《す》ねて「もういいわ。あなた嘘ついたんでしょう」と返す。清少納言《せいしょうなごん》からすればそんなわけないから、**「なんてタイミングでくしゃみをしたやつがいるんだ」とムカついて**

いるんだけど、まだ清少納言《せいしょうなごん》は新入社員扱いなので、何か言うこともできずに帰るしかない。

すると定子《ていし》からまた清少納言《せいしょうなごん》の部屋にこんな和歌が送られます。

定子「いかにしていかに知らましいつはりを空《そら》にただすの神なかりせばとなむ、御けしきは」

(あなたの嘘をあばく神様がいなければ、あなたが嘘つきだなんてわからなかったわ。あなたの嘘を、神様がくしゃみを通して知らしめてくれたのね)

この和歌に対し、清少納言《せいしょうなごん》は返事をします。

清少納言「薄さ濃さそれにもよらぬはなゆえに憂《う》き身のほどを知るぞわびしき」

(「花」ならば薄い色も濃い色もあるものですが、くしゃみは「鼻」によるものです。花のようなあなたへの想いが、薄いなんて、ありえないですわ! 誤解された私は、とっても悲しいです!)

推しに「私のこと好き?」と聞かれたなんて素敵エピソードのあと、くしゃみの話を持ってきて、かつ和歌も花と鼻をかけたちょっと**笑えるエピソードとして終わらせる**。全体として笑い話になっているのはすごい。

谷頭

面白い。きれいなままだけ、あるいは、あるがままを書くのではなく、**ちょっとひねるのは確かにエッセイスト的なのかも**しれないですね。定子《ていし》の思い出を素晴らしいものとして後世に伝えたいのであれば、そのまま美しく書いてもいいはずなのに。

三宅

そこは紫式部《むらさきしきぶ》との違いでもあるなと私は思っていて。『紫式部日記《むらさきしきぶにっき》』も女房の宮中勤務の話なんですが、紫式部《むらさきしきぶ》はあまり笑えるオチをつけないんですよね。

谷頭

でもちょっとわかるなあ。僕も自分の感動や思いをありのままに書くのってちょっと気恥ずかしい気持ちがある。清少納言《せいしょうなごん》と自分を並べるのもおこがましいけれど……。そうした照れ隠しで、ひねったり笑えるように構成したりしていたのかもしれない。
あとは定子《ていし》を巡る状況の悲惨さを考えると、悲しいからこそ笑ってみせたのかもしれないとも思います。**現実の悲しさを文学の笑いによって乗り越える**といいますか、軽妙な笑いの奥に深い感情が感じられるのも、『枕草子《まくらのそうし》』の魅力なんだろうなと思います。

鎌倉時代のタワマン文学!?

方《ほう》丈《じょう》記《き》

『方丈記』鎌倉時代前期の随筆。1212年成立。作者は鴨長明。天変地異や平安末期の京のありさま、隠者としての生活が和漢混交文で書かれる。書名は日野山に方丈（1辺が1丈＝約3メートル四方の部屋）の庵を結んだことに由来する。

前篇「震災のリアル」

谷頭

『方丈記《ほうじょうき》』は随筆文学としてみても、平安時代の女流文学とはまた異質な面白い作品です。僕がこれを読んでいたときに能登で大きな地震があったので、その影響で意識しているのもありますが、**災害について書いた部分が非常にリアル**で、今読むと「ああ、災害のときは昔からこうなんだな」と思える記述が多くある。

学校で『方丈記《ほうじょうき》』『徒然草《つれづれぐさ》』をやると、どうしても表面的に「無常観」や「諸行無常《しょぎょうむじょう》」という言葉だけをなぞってしまうから、その面白さがわかりにくくてもったいないんですよ。

無常観はもちろん鎌倉時代の一つの感性だったんでしょうけど、なぜ鴨長明《かものちょうめい》がここまで無常観に追いやられたか、なぜ一人で庵に閉じこもってまで本を書くことになったかとい

三宅

うと、その背景には当時、**短期間で天災と人災がたくさん起こったことが関係している**。地震などの天災が起こって、平家率いる政府は、突如として都を福原《ふくはら》（現在の神戸市あたり）に遷都《せんと》するんですよね。ずっと都だった京都は大パニック。もはや人災といえるわけで、政府がパニックになってわけわかんないことをやる典型です。この混乱っぷりは現代でもリアルですよね。

震災関係でいうと、平安時代って、現代と同様にたくさん震災があったわりに、政治的な記録以外の場で震災は書き残されていないんです。『枕草子《まくらのそうし》』のような随筆も災害の描写は一切ない。あるいは和歌にもほとんど詠まれていない。なぜ平安時代の人は、プライベートの書き物で、震災の話を書かなかったのか。理由の一つには、平安時代の人たちにとって**「悪いことを書き残すこと」それ自体が、あまり体裁《ていさい》のよくないこととされていた**んです。

現代でもちょっとわかりますよね。震災があっても、どうやって語っていいのかわからない、うかつに語るとさらに世の中が悪い方向に行ってしまうんじゃないか、という恐れをみんな持っている。もちろん政治的な対応や公の報道はちゃんとされてほしいけど、プライベートな場で災害を語ろうとすると、うまく言葉にならない、という感覚は現代人も共感できるのではないかと。あとは平安時代だと、**祟《たた》りへの恐れもあって、さらにうかつに口にできなかった。**

そんな中で『方丈記《ほうじょうき》』は、日本文学史上でも珍しく、震災を描写した随筆です。私も読み返してみて、「あのあたりで火が出て広がって」とか「このあたりの家が壊れて」とか、震災描写がかなりリアルだし、実際にあった出来事をそのまま書きつけているなと感じました。そしてそれはある意味、鴨長明《かものちょうめい》が世捨て人になって書いたからこそ、残すことができたのかもしれないなと。

鴨長明《かものちょうめい》は若い頃は将来有望な歌人でした。出世する道も当然あったけど、**出世できなくて、最終的にミニマリストになった人。**そういうふうに、世俗を捨てたタイミングだからこそ震災のことを気にせず書けたのかもしれないと思うんです。

谷頭

確かに『方丈記《ほうじょうき》』って、一見すると、鴨長明《かものちょうめい》が誰に向けてどういうスタンスで書いたのかというのがよくわからないんですよね。鴨長明《かものちょうめい》は、『方丈記《ほうじょうき》』を書いている時点ですでに一人暮らしの庵に住んでいて、世間との交渉がほとんど絶たれていたんだけど、それなのになぜこの文章を書いたのか、誰に向けられていたのか。ここが『方丈記《ほうじょうき》』を考えるうえでとても面白いポイントだなと思います。

先ほど震災がそもそも書きにくいことだったという話がありましたけど、そもそも鴨《かもの》長《ちょう》明《めい》が一人きりで書いていたからこそ、あまり世間では歓迎されないことも書けたのかなと思って。でもそうすると「じゃあ読者もいないのになんで書いたの」と疑問を持ちますよね。

天災・人災描写が終わったあとに、「いかに今の自分の一人住まいが素晴らしいか」「もう人間関係のしがらみもなくて最高」みたいな話もするけど、そんなに満足していたんだったら、もう物を書く必要ないんじゃないの、とも思う。**記録すること、書くこと、自分が考えていることを何かに書き写すこと、それらって結局何なんだろうな、みたいなことを考える作品でもある**なと思います。

「後篇」独居生活、サイコー!!

三宅

『方《ほう》丈《じょう》記《き》』は、前半が震災や火災の話で、後半が自分の住居の話、という構成になっています。特に後半の住居は、それまで住んでいた都会の家を捨て、京都の片隅の田舎で、人間関係を遮断して「方丈」つまり四畳半ほどの草庵に住んでいる様子について描かれている。出家や悟りをひらくことについても記述がありますね。久しぶりに『方丈記《ほうじょうき》』を読んで思ったのですが、前半のいわゆる「無常観」パートは**「人生はもういいことなんて本当に何もなく、これから悪くなるばかり、震災は起こり、政治もダメ」**みたいな感じで、テレビに向かって語る愚痴のようなテンション。一方で後半は、今でいうと**「ミニマリストが断捨離《だんしゃり》後の爽快感たっぷりで書くブログ」**みたいなものでは？　と私は解釈しています。なんせ、後半の「断捨離暮らし最高！」という内容が妙にハイテンションなんですよ。世をはかなんでいるのは前半も後半も変わっていないんだけど。

面白いなと思ったのが、家の季節ごとの描写。『方丈記《ほうじょうき》』も、『枕草子《まくらのそうし》』と同じように「春は藤の花が見えて、西方に美しく映える。夏はホトトギスが鳴いて、秋はヒグラシの声もあふれる」と記述するんです。でもそのあと、**「冬は雪をしみじみ眺める。積もって消えていく様子は人間の罪のようだ！」**など書いている。鴨長明《かものちょうめい》も、人間関係でよっぽどいやな思いをして、世を捨て草庵に引きこもったんだなあ、としみじみ理解できます。ちなみに彼は世をはかなんで、人との交渉を絶ってミニマムな暮らしをし

谷頭

ていることについて、「もっと早くこうすれば良かった！　没交渉、最高！」というようなことを書いていますね。

やっぱり『方丈記《ほうじょうき》』は前半と後半のテンションが全然違うのが面白い。特に後半に書いている一人暮らしをしだしたときの解放感がすごい。読者が想像するより、一人暮らしをエンジョイしている。

でも一方で、一見振り切れているように感じられる鴨長明《かものちょうめい》も意外と、今の生活を不安に思っている部分もないわけではなくて、そこも面白い。

だから僕は、なぜ鴨長明《かものちょうめい》が『方丈記《ほうじょうき》』を書いたのかって、鴨長明《かものちょうめい》自身が**「今の自分の生活や考え方は良いものだ」と自分に信じ込ませるためだった**んじゃないかと思うんです。この文章って、誰か他者のために書かれたというよりは、これを書くこと自体が鴨長明《かものちょうめい》のためだったんじゃないかと。

『方丈記《ほうじょうき》』の文章って非常に論理的じゃないですか。冒頭の「ゆく河のながれは絶えずして～」は、「川の流れは常に流れている。世の中の人間も住まいもこうなんだ」みたいなロジカルな文章で、そういった論理的妥当性によって自分の生活を肯定したかったのかな、と思う。

三宅

それでいうと思い出すのは、『方丈記《ほうじょうき》』の山での一人暮らしに関する記述。「もしなすべきことあれば、すなはち、おのが身をつかふ。たゆからずしもあらねど、人をしたがへ、人をかへりみるよりはやすし（やるべきことがあったら、自分の身を使うんだ。疲れないわけではないが、人を従えたり人をお世話したり気を遣ったりするより全然マシだ）」と書いていて、どれだけ他人と関わることがつらかったのかと。鴨長明《かものちょうめい》は都でよっぽど嫌なことがあったんだな、と思いましたよね。

経歴でいえば、鴨長明《かものちょうめい》は、もともとは下鴨神社《しもがもじんじゃ》の超おぼっちゃまなんですよ。だけどお父さんが亡くなったり、跡継ぎ争いに敗れたり、和歌の世界でも身を立てられなさそうだとわかって、「もう社交なんて嫌だ」と田舎暮らしに目覚める。

だけど、山での一人暮らしも大変なことはいろいろある。もちろん前半で出てきた震災の不安もある。

だから、『方丈記《ほうじょうき》』は、最初から悟っている人の文学ではないんですよ。**もともと都会のおぼっちゃまが、自分で選択した、断捨離田舎一人暮らしライフの不安をとり除くために、書いているのかもしれない。**「都で人間関係で気を揉んでいたときよりも、今の山暮らしの方がいいんだ」と自分に言い聞かせている。

何をしても満たされない……これってタワマン文学？

谷頭　それって、僕から言わせれば、港区でバリバリ30代まで働いていたような人が、40代になって突然「地方」に目覚める感じ。いきなり「これからは田舎だ」「まだ東京で消耗してんの」という人いるじゃないですか。都心でバリバリやってきたようなエリートって、それが一気に反対に振り切れると、ローカル暮らしを過度なまでに持ち上げるんですよね。そういう人たちが、なぜそこまでローカルを持ち上げるのかというと、それまでの自分のキラキラした生活を否定して、今の自分の「スローライフ」「ローカルライフ」っていいものなんだって、自分自身に納得させるためであって。鴨《かもの》長明《ちょうめい》も同じなんですよね。でも**これって結局階級差の問題なのかな**とも思います。

三宅　『方丈記《ほうじょうき》』には「夫《それ》、人のともとあるものは、富めるをたふとみ、ねむごろなるをさきとす。必ずしも、なさけあると、すなほなるとをば愛せず（友達というのは、だいたいお金があるとか、表面上、丁重であることが一番大切だ。必ずしも、情が深いことと、心が正直であることを好んでいない）」と書いていたりしますよね。**正直、「友達作りに何があったんだ、君は」と思いますよ！**

谷頭　『方丈記《ほうじょうき》』全体で見ても、貧富の差が見える人間関係に関する記述はすごく多い。鴨長明《かものちょうめい》はもともとお金持ちで、いい家柄出身だったのに、どんどん没落していって、貧乏になり、周りから人が離れていく感覚があったのではないかと。

一説によると、鴨長明《かものちょうめい》が『方丈記《ほうじょうき》』を執筆しているときに住んでいる庵のサイズと、昔住んでいた二つの家のサイズを比較したら、だいぶ違うらしくて。方丈の庵がおよそ2・7坪で、その1個前の「中頃のすみか」がだいたいその100倍の277坪程度、そして**彼が「祖母の家」と呼ぶ家は、2778坪。**

三宅　バリお金持ちだ。

谷頭　ちょっと意味がわからないですよね。2778坪。

三宅　広すぎる。

谷頭　推定9183平米らしいですね。単位が大きすぎて全然想像できない。でも鴨長明《かものちょうめい》は田舎の草庵に住むことを「ヤドカリは小さい貝を好む。それと同じようなことだ」などと書くじゃないですか。**彼にとっては四畳半なんて、ヤドカリの殻《から》だったんでしょうね。**

三宅　あと私が『方丈記《ほうじょうき》』で好きなのは、鴨長明《かものちょうめい》が案外悟り切れていないところ。仏教の人なので「執着を手放そう」とか「欲をなくそう」とか「この世への望みを捨てよう」みたいなことも書いているんですけど。そう書いているわりには最後の方で**「とはいえ自分もまだまだ欲がなくなっていない、執着があるんだ」とも吐露する。**この「悟り切れなさ」は『方丈記《ほうじょうき》』が愛されている理由なのかなと思う。

谷頭

随筆や小説、和歌といった文芸作品が、歴史書や公的文書と何が違うかというと、そこに**人間の弱さや迷いを映し出せること**ですよね。

『方丈記《ほうじょうき》』は震災文学であり、仏教的な考え方が強いけど、今回も主題となったのは鴨長《かものちょう》明《めい》の人間としてのねじれ、面倒くささ、人間らしさだったわけで、そこが非常に面白い。

あとやっぱり『方丈記《ほうじょうき》』は令和でいう「タワマン文学」なんですよ。タワマン文学ってタワマン暮らしの嫌味な部分を凝縮した文学だと思われているんだけど、ちゃんと最近の作品を読むと、そこに通底している感情って「タワマンに住める身分になった。自分はすごく頑張った。でも何か足りない。なんならその辺の下町に住んでいる人の方が羨ましい」というもので、**案外「持たざるものの文学」なんですよね。**その意味で『方丈記《ほうじょうき》』は現代のタワマン文学にかなり近いものを感じる。

三宅

タワマン文学『方丈記《ほうじょうき》』！　でも本当に、自分が大人になって、お金のことを真剣に考える必要が出てきて、もっというと家を買うとか賃貸にするかとかどこに住むべきかとか、そういった**不動産をめぐる具体的なことを考える年齢になってから読むと『方丈《ほうじょう》記《き》』、身に染みるな～**。

「自分が住む家をどうするか問題」、誰もが通過する問いだと思うんですよ。別にタワマンに住んでいなくても、住居を都会にするか地方にするか。田舎だったらもうちょっと家賃が安くなるかもしれないけど、結局友達が近くにいる方が住みやすいなとか。逆に友達がいない方がなんだかんだすっきりできるなとか。住居をめぐる、人それぞれの観点がありますよね。もう少し年をとって、仕事が少し落ち着いてから『方丈記《ほうじょうき》』を読んでも、またちょっと感想が変わりそう。年齢を重ねれば

重ねるほど、面白く読めそうですよね。

谷頭 けっこう間違いないですね。不動産屋とかに置いときゃいいんじゃないですか。

三宅 SUUMOタウンとかにも載ってほしいですよ。

徒然草《つれづれぐさ》

くだらないことしか書いてない!?

『徒然草』 鎌倉時代後期の随筆。1330~1331年頃成立。作者は兼好法師。243段。内容に応じて和文や和漢混交文で書かれている。

何で読まれたのか疑問に思うくらいどうでもいいはなし

谷頭 『方丈記《ほうじょうき》』が鎌倉初期の随筆であるのに対して、『徒然草《つれづれぐさ》』は鎌倉後期の随筆です。『方丈《ほうじょう》記《き》』と同様、「仏教的無常観」という言葉があてはめられる作風です。

三宅 今回実は『徒然草《つれづれぐさ》』全文を初めて読んだのですが、思ったより「本当にどうでもいいエピソード」が大量にあって驚きました。『徒然草《つれづれぐさ》』って教科書で扱うような有名なエピソードはしっかりオチがついているし、とんちが効いた話も多いイメージだったんですけど、全243段読んでみると、本当にオチも何もない、「何なんだ、この話」みたいなものがたくさんある。

近所のおばあちゃんに久しぶりに会ったときに喋られたオチのない

話……みたいな印象を受けました。

谷頭 そうなんですよね。40段の「ある女性がいて、周囲からプロポーズされたんだけど、その女性が栗しか食べなくて、それはやばいぞって父親が結婚をとめていた話」とか。

三宅 それ面白かったですね。『徒然草《つれづれぐさ》』は随筆ですが、人から聞いたエピソード集の側面が強いように感じました。**兼好法師がとりあえず聞いた話を書き留めておくためのメモ帳かな？**と。だから「こんな話を聞いた」とだけ書かれてあることもしばしば。彼はどんなつもりで書いたんだろう。

谷頭 彼自身は**人に読ませようと思って書いていなかったのかも。**徒然草《つれづれぐさ》がちゃんと他人に読まれたのって、彼が亡くなってから、100年後くらいだったし。でも、いつしか広く読まれるようになって、江戸時代では古典中の古典になった。

三宅 室町中期に僧侶の正徹《しょうてつ》が写したことで広まった、といわれます。正徹《しょうてつ》の弟子に連歌師や歌人がいたから、その人たちが読んでいた、と。でも正直兼好法師に和歌の情緒があるかというと謎です。『徒然草《つれづれぐさ》』を読めば読むほど**なぜこんなに広く読まれたのか不思議になる**くらい、とらえどころがない。

谷頭 でもやっぱりエピソード自体がたくさんあったのも大きかったと思うんですよ。中でも「仁和寺《にんなじ》にある法師」みたいな教訓エピソードはわかりやすい。「知ったかぶりして失敗しちゃったから、知ったかぶりはしない方がいいね」みたいな話です。

こういった、人々に聞かせるようなわかりやすい教訓話もあったから、全243段の中からそこが抜き出されて流布したのかなと思うんですよね。**読んだ人がそれぞれ好きなように、都合よく使えた文集だった**んじゃないかと。

三宅 グリム童話みたいなもんだったんですかね。

谷頭 教科書とかでとり上げられるのもそういう教訓っぽい話が多いけど、全部読むと、案外くだらないものが多い。

法師なのに無責任で仏教にふまじめ

三宅 私が面白いなと思ったのは、『徒然草《つれづれぐさ》』59段に「出家をするなら迷っている暇はない。もう今すぐ出家すべき」と書いてあるところ。

大真面目に教訓らしく書いてあるんですけど、**現代の自己啓発本にノリが近い**ね。

「あと回しにするな。やりたいことは今すぐやれ」みたいな。出家って一大事だと思うのに。そんな**世捨て人になるなんてことを、自己啓発みたいなノリですすめていて、面白すぎる。**好きですねえ。言ってしまえば兼好法師の微妙な無責任さも見える。無責任で、だからこそ適当なことを書ける軽いノリ、という空気感は『徒然草《つれづれぐさ》』全体に広がっている印象です。

谷頭

僕が面白いなと思ったのは、117段で「いい友達の条件三つ」を語るところですね。一つ目が物をくれる友人、二つ目が医者、三つ目が知恵のある者って書かれていて、医者・知恵のある人はわかるんですけど、最初が「物をくれる人」ってなんだよ（笑）。

ちなみにその前に「友とするのに悪い人七つ」も書かれていて、これは一つ目が高貴な身分の人、二つ目が若い人、三つ目が健康で頑強な人、四つ目が酒を飲む人、五つ目が勇猛な武者、六つ目が嘘をつく人、七つ目には欲の深い人。

仏教的な考えとして理解できる部分もあるんだけど、ただ、**総じて兼好法師って、陰キャだなって思う**んですよね。キラキラしているものに対する否定が強い。

三宅

あと兼好法師って、法師なのに仏教に対して真面目じゃないところがありますよね。73段で**「仏身が出てくる教訓エピソードは、ほとんど嘘。でも嘘って相手**

谷頭

に言うのも大人げないから、信じずに心の中で疑ってちょっとあざけっておこう。それが一番だ」と書いていて、笑いました。処世術みたいなノリで書いていますが、「君は法師ではないのか」「それを書いていいのか」と（笑）。全体的に、仏教や教訓説話について、意外と話半分に聞いている感じがします。その辺に人間味を感じて好きだなーと思いました。

徒然草《つれづれぐさ》が書かれたのは鎌倉後期だけど、鎌倉時代は新仏教が多くできていた時代なんですよね。平安時代の末期ぐらいから仏教界が腐敗してきて、それに対するアンチテーゼとして新仏教が出てきた。つまり、メインストリームの仏教界は堕落・腐敗していて、兼好もそういう仏教の世界をみていたんじゃないかな、と。想像ですけれど。

ただ、兼好はそれを**マジメに批判するのではなくて、諧謔《かいぎゃく》性やテンションの軽さを持って書いていく**ところもあって。そこは江戸の文人が文学を通して幕府を軽妙に批判したスタイルに近いのかもしれない。

説教法師の葛藤《かっとう》

三宅　でも正直、兼好法師って江戸の文人よりプライド高い感じがします。当時の兼好法師の立ち位置を考えると、仏教や貴族の地位が低くなってもはや仏教を本気で信じられる世の中ではないけれど、一応まだ権威ある偉い立場ではあったと思うんですよ。**「今の若い人のノリがわからんよね」とか「昔の方が良かった」みたいなことも書いていたりするし**、そこは今も昔も変わらない、偉い立場の人っぽいなと。

谷頭　確かに。「昔の正しい有職故実《ゆうそくこじつ》のあり方はこうだった」と書いていますけど、すごくおじさんっぽいですよね。

三宅　**会社の朝礼で上司が話してそう**ですよね。たまにオチのない話を朝礼でしてしまって「あれ何だったんだ」と若手に思われてしまうやつ。

谷頭　もう一つ読んでて面白いなと思うのが、兼好法師ってあまりモテなかったんじゃないかと思って。だって、**やたらめったら「女」に厳しい**んですよね。で、恋愛に対しても葛藤がある感じがする。

例えば女性が登場する話をするんだけど、そのあとに「でも恋愛は良くない」みたいなことも言うんですよね。仏教的な観点としてもそう言わざるを得ないんでしょうけど、兼好法師自身の葛藤もありそうだなと思いました。

三宅 そうだったんだ。

谷頭 『徒然草《つれづれぐさ》』って「なんでこんな話を載せたんだ」と思う話がたくさん載っていて、ある意味**偏《かたよ》った視野を読んでいることの面白さがある**なと思うんですよ。『枕草子《まくらのそうし》』や『紫式部日記《むらさきしきぶにっき》』だと、「こういう人いるよね！」って共感できるような、客観的な人間観察エピソードが面白いけど、それとはまた違う面白さ。

でも恋愛観が偏っていたり仏教に対するアンビバレントな感情を持っていたりする兼好法師だからこそ、こんなにエピソードを集められたのかも。

だって137段「花は盛りに」にはもはや「恋愛は成就しない方がいい」と書かれていて、**極端でツッコミどころがある**んですよ。そうした「ツッコミどころ」を持っていたことが、『徒然草《つれづれぐさ》』がここまで広がりを持った理由なのかなって思います。

三宅 ある種のわきの甘さみたいなところが、『徒然草《つれづれぐさ》』を愛せる理由の一つですよね。

兼好法師の「おすすめ投稿」

谷頭　ここで『徒《つれ》然《づれ》草《ぐさ》』の成立背景について言及しておくと、兼好法師は243段一気にバーッと書いたわけではなくて、若い頃に書いたものと晩年あたりで書いたものでわかれているらしいんですよね。そうするともしかして、兼好法師って生きている間にずっとこの243段を書いていたんじゃないかと。思うことがあるたびに書いているような感じで、いわば**兼好のXを人生全体分読まされている**ような気持ちになりますよねえ。

三宅　でも本当にメモ、つぶやきみたいですよね。『徒《つれ》然《づれ》草《ぐさ》』って本当に「徒然」やないか、と笑ってしまう。**びっくりするぐらいタイトルに偽りがない**。

FOLLOW
兼好法師
とりとめないぼやき。自然と生きたい
1326 FOLLOWING 521 FOLLOWERS
兼好法師……
ちょっと早く起きた。眠りが浅くなってる。
兼好法師……
小指ぶつけちゃった。いたい…
しっぷ

谷頭 そうなんですよね。あと僕が好きなエピソードが243段。最後のエピソードなんですけど、兼好法師が8歳のときのお父さんとの対話が書かれている。お父さんから仏についての教えをもらったときに、兼好法師がお父さんを論破した、という自慢エピソードなんですよね。何がしたかったんだ、と思って。

三宅 「それを君は何で書きたかったんだ」と思いますよね、面白いな。

もう一つ私が好きなエピソードは、『徒然草《つれづれぐさ》』60段、里芋《さといも》が好きで延々と里芋《さといも》だけを食べていた僧侶の話です。師匠が亡くなったり寺を売ったりして、300貫の大金がある僧侶の手もとにやってきたんだけど**「俺は里芋が好きだから、300貫を里芋だけに使おう」と決める**。それで彼は里芋だけを延々食べる日々を送る。

そして彼はよく知らない僧侶に「白うるり」というあだ名をつけたりする。他人に「なんでこの人に白うるりと名づけたんですか？ そもそも白うるりって何ですか？」と聞かれたら、「えっ、私もわかんないけど、たぶんこの人白うるりに似ていると思うんだよね」と答えた、と。

彼は宴会ではひたすら好きなものだけ食べて、さくっと帰る人なんだけど、意外と人には好かれていたし、「うん、これも徳だね」みたいなオチで締められていて。

谷頭　確かに憎めないけどどういうオチ!?　って思いますよね。謎すぎる。でも「徒然」ってそういうことなのかな。お気に入りのエピソードです。『徒然草《つれづれぐさ》』は反省もしなければ、なんかいいじゃんみたいな、**なあなあな展開になることが多い**ですよね。そこが説話集とはまた違うと思います。

三宅　そうそう。そこが『徒然草《つれづれぐさ》』の良さなんですよね。これを生涯書き続けていて、でも誰にも読まれなくて、死後100年後に読まれ始めるってどういう気持ちなんだろう。兼好法師はこれを人に読まれたかったのかなぁ。

谷頭　兼好法師は書いていて楽しかったのかな。自分で笑っていたのかもしれない。

三宅　これは私の勝手な妄想ですが、兼好法師は**自分の書き物をしっかり読み返していたタイプ**なのではないでしょうか。『徒然草《つれづれぐさ》』も、自分で読んで楽しんでいたんじゃないかな。私も自分で書いている誰にも見せない日記をときどき読み返すんですけど、楽しいですよ。

谷頭　なるほどね。それが100年後に流出するみたいな。

三宅　そう考えると怖すぎるな!

谷頭　あと『徒然草《つれづれぐさ》』で重要なのは、どうでもいいことをいっぱい書いているがゆえに、**正式**

な歴史書では伝わっていなかったような有職故実や噂話も残っていて、そういう意味では歴史的な価値があるのかもしれないということ。『平家物語《へいけものがたり》』の推定作者がわかったのも、『徒然草《つれづれぐさ》』のおかげですから。信濃前司行長《しなののぜんじゆきなが》が、生仏という人に『平家物語《へいけものがたり》』を語らせて書いたというエピソードが、ここに書いてあるんです。

三宅 でも今日の話を踏まえると「本当かな？」と疑いたくなりますね。

谷頭 全体を通して真実が危うい作品ですからね。あまり本気で信じない方がいい。

三宅 「他人の説教を本気で信じるなよ」と本人も書いているし。

谷頭 読む分にはツッコみながら読むのが面白い、という作品ですよね。

第5章
和歌のはなし

和歌むずかしそう問題をどうする？

万《まん》葉《よう》集《しゅう》　古《こ》今《きん》和《わ》歌《か》集《しゅう》　新《しん》古《こ》今《きん》和《わ》歌《か》集《しゅう》

『万葉集』奈良時代末期の歌集。最終的に大伴家持が関わったとされる。**『古今和歌集』**平安時代前期の勅撰和歌集。醍醐天皇の命で紀貫之らが編集。**『新古今和歌集』**鎌倉時代前期の勅撰和歌集。後鳥羽上皇の命で藤原定家らが編集。

和歌はSNSだと思え!?

三宅　平安期の和歌というと、一般的には「難しい」「とっつきづらい」というイメージがありそうです。

というのも国語の授業や教科書では、「序詞《じょことば》」（ある語句を導き出すために前に置かれる言葉。枕詞と異なり、音数の制限がない）「掛詞《かけことば》」（同じ発音の言葉に、二つ以上の意味を込める技法）といった、和歌の修辞《しゅうじ》をとりあえず勉強させられるけど、結局よくわからないまま授業が終わっちゃうことも多い。例えば「百人一首」を覚えさせられるけど、「何が良いのか」までは実感できないままだったり。和歌って、ただ文法から学んでいると、現代語訳の意味がわかっても**「こんだけ難しいことをやっておいて、言いた**

いことはそれだけか」「景色がきれいってことだけか」と拍子抜けしてしまう。だからこそ今日は、そんな難しくなりがちな和歌をどうやって楽しんだらいいのか、話していけたらと思います。
私は和歌って**SNS、特にInstagramだと思ったらわかりやすい**んじゃないかと思っています。Instagramってきれいな景色を載せて、気の利いた一言を載せ、いい感じの雰囲気を醸《かも》し出すSNSじゃないですか。ほんと、和歌もそうなんですよ。

谷頭 間違いない。

三宅 例えば、有名な百人一首の和歌「君がため春の野に出でて若菜《わかな》つむわが衣手《ころもで》に雪は降りつつ」。光孝《こうこう》天皇の歌です。現代語訳すると「あなたにあげるために春の野に出て若菜を摘んでいる私の袖に、雪が降ってきました」という意味。春を待ちつつ、でもまた雪が降ってきて、まだ春は遠いんだけど、若干春への希望を感じさせる。加えてそこに「君」へのほのかな恋心や、「元気で健康でいてほしいな」という気持ちが重なって、ぱっと見でもきれいな和歌になっていますね。
ここで重要なのが、**衣手に雪が降っていて、ふっと見上げるこの動作**。若菜を取るために下を向いていると、雪が降ってきて手もとにかかる。そこで、ふっと顔を上げると雪が降っている景色がある。なんかきれいな景色じゃないですか。

谷頭 なるほど、映像的にとらえると。

三宅 和歌って短い言葉ではあるんですけど、意外とその一首の中に**時間経過がある**。

春に外へ出て若菜を摘んで、若菜にカメラが当たって、その手に雪が降ってきた。そこでふっと顔を上げる、という映像カメラ的な時間経過がある気がするんですよね。

やっぱり和歌って**若干浸《ひた》ってこそ、魅力がわかる**と思うんです。歌の中に入り込むといいますか、そういった**妄想力が必要**なんですよね。

谷頭 なるほどね。それこそInstagramを見ている人たちって、別に何かを考えて見ているわけじゃない

三宅

ですもんね。いい景色とか、「映え」を味わっているだけで。

三宅

そこにある「映え」をそのままいいものとして受けとるのが大事なんです。

万葉集はX？

私、実は大学院のときに研究していたのが、奈良時代の日本最古の歌集『万葉集《まんようしゅう》』だったんですよ。今でもたまに読むとその面白さをひしひしと感じる。

教科書では「貧窮問答歌《ひんきゅうもんどうか》」と「防人歌《さきもりのうた》」の話しか取り扱われないことも多いですが、実は「貧窮問答歌《ひんきゅうもんどうか》」や「防人歌《さきもりのうた》」は、『万葉集《まんようしゅう》』の本当に一部でしかない。

私は**『万葉集《まんようしゅう》』って現代のXの投稿を集めたような歌集だと思う**んですよ。和歌の内容も、日常的なものがとっても多い。

それにまだ奈良時代なので、平安時代ほど「和歌がこういうものでなきゃいけない」といった〝和歌のルール〟もはっきり決まっていなかった。

そういう意味で言うと、**言葉遊びの側面が強い和歌も多い**。例えば「蜂音」と書いて、それだけで「ブ」と読ませたり。なぜかと言えば蜂がブンブン鳴くから、その

「ブ」。それを見てすごく驚いたんです。「蜂音」って2文字あるのに、それを「ブ」だけで読ませるってどういうこと!? と。

『万葉集《まんようしゅう》』は、和歌を**「万葉仮名」**といって、全部漢字で表記されているんです。要はまだ日本語が確立していなくて、中国から伝わった漢字を用いていた。

現代でたとえるなら、**ヤンキーが「よろしく」を「四六死苦」って書いたりするのと同じ発想**ですよ。

ほかにも漢字と音で遊ぶものは多くて、例えば「馬声」は「イ」と読むんです。馬の鳴き声が「イイーン」と聞こえていたようで、そこから「イ」と読んでいたと。そういう遊びが『万葉集《まんようしゅう》』和歌にはたくさんある。

谷頭 言葉遊びなんですね。

三宅 私たちがSNSを見ているときも、投稿の言い回しに笑ったり、人間関係を見るのを面白がったりしますよね。それと同じで『万葉集《まんようしゅう》』は**当時の人の「つぶやき」を読んでいる感覚で読める**んです。ちょっと面白く呟いているような人がいたり、逆にすごく〝公式〟的な天皇の葬儀のときの歌を詠んでいる人がいたり。

谷頭 つまり後者はXの公式マークがついてるアカウントの投稿みたいな。

三宅　そうそう。逆に庶民の歌もたくさんあるので、本当にバリエーションが豊富。現代の私たちが想像する和歌よりもっともっと「つぶやき」っぽい和歌が多いんです。読んでいると「こんな和歌あるんだ！」って新鮮な面白さがあるんですよね。

谷頭　なるほど確かに和歌って「つぶやき」っぽい。以前僕も、SNSと和歌の近似性について考えたことがあったんですよね。それは字数制限という形式があること。Xって140文字という字数制限があるじゃないですか。その中で自己アピールをしたり、自分の思ったことを綴っていくんだけど、和歌も**31文字という字数制限の中で、どうしたら自分の思いを最大限に伝えていくことができるか**を考えながら発展した文芸ですよね。5・7・5・7・7という定型に入れて、その気持ちを詠まなきゃいけない。Instagramもそうですけど、形が決まっているというのも、和歌とSNSのつながりだなと思います。

推し歌人を見つけよう

三宅　和歌を楽しむもう一つのポイント。それは推し歌人を見つけること。

どうしても教科書だと、和歌単体で切りとられがちだから、歌人ごとに和歌を見ることがあまりない。なので私は歌人の中に推しを作って、その歌人の和歌をネットでググりながら読んでいくと、和歌への解像度がグッと上がるのではないかと思っております。

『万葉集《まんようしゅう》』は**歌人ごとのキャラがわかりやすくて楽しい**んですよ。女性も権力を握った時代だから、女性の歌人も多くて、その中でも**鏡王女《かがみのおおきみ》**と**額田王《ぬかたのおおきみ》**という姉妹が私の推し歌人。例えば鏡王女《かがみのおおきみ》の有名な和歌に「秋山の樹《こ》の下隠り逝《ゆ》く水の我こそ益さめ思ほすよりは」というものがあります。これは「秋の山の木の下を密かに流れていく川の水のように、私も表には出さないんだけど、ちょっとずつあなたに会いたいという気持ちが勝《まさ》っていきますよ。あなたが思うよりも」という意味。山登りしたことがある人はわかるかもしれませんが、山の下の方をちょろちょろ流れている水って、ふとした瞬間に増水するんですよ……。その風景を心情に重ねている。鏡王女《かがみのおおきみ》は、**若干じめっとしていて、大人しい歌が多い**。

それに比べて同時代の女性であった額田王《ぬかたのおおきみ》は、**大胆で豪快な歌が多い**。例えば「あかねさす紫野《むらさきの》逝《ゆ》き標野《しめの》行き野守《のもり》は見ずや君が袖《そで》振る」。これは不倫の和歌で「誰か見ているかもしれないのに、あなたが袖を振ってくる。（袖振るのは恋心を示すことなので）あなたは私を好きって言ってくれるよね」みたいな意味。
鏡《かがみの》王《おお》女《きみ》と額《ぬか》田《たの》王《おおきみ》のキャラの違いがわかると、和歌を読んでも楽しめます。

『古《こ》今《きん》和《わ》歌《か》集《しゅう》』はInstagram

谷頭　今回、和歌をSNSにたとえていくとわかりやすいんじゃないかというテーマが最初に出てきましたけど、『万《まん》葉《よう》集《しゅう》』がXだとしたら、少し時代が進んで**『古今和歌集』はInstagramなんじゃないかと思う**んですよね。

三宅　それはすごくわかります。『古今和歌集』になってくると、景色を詠む歌が多くなる。なぜかというと、『万《まん》葉《よう》集《しゅう》』の時代よりも『古今和歌集』の時代の方が、**「季節を詠む歌を作りましょう」「桜を詠みましょう」といった和歌のルールの圧がちょっと強くなってくる**んですよ。これって、Instagramが本音の投稿よりも、きれいな写真を載せる投稿の方が好まれるのと同じようなものでは。

谷頭　そういう意味で言うと、**Instagramの「フィルター機能」って、和歌でいう「修辞」に似ていますよね。**

三宅　確かに！　序詞も、つまりは「フィルター」ですよね。

谷頭　そうそう。和歌で言うと「歌いたい内容」に直接関係はないんだけど、その和歌をきれいにみせるために使うのが序詞のような修辞で、Instagramで言えば投稿内容である写真をきれいにみせるために使うのがフィルターなんですよね。今の三宅さんの話を踏まえると、

三宅　和歌をどんどん身近なものに感じられます。景色をきれいにみせるためにはやっぱり加工が必要なんだなあ、とかね。だから序詞が必要とされてきたんだと。

谷頭　そのまま景色を歌うだけじゃ物足りなくなってくるわけですね。

三宅　ある言葉にきまって接続する定型表現である**「枕詞」が生まれるのも、SNSと同じ流れ**。例えば枕詞みたいな文化ってSNSでもあるじゃないですか。なんとなく投稿の定型が出来上がってくる、みたいな。

谷頭　あるあるある！　確かに、SNSでも枕詞みたいに「これが来るときはこういう言葉を最初につける」みたいな文化が形成されてることがありますよね。Xのオタク構文みたいなものも、たぶんこれから1000年後、2000年後の人が見たら、一見理解不能なんだろうなあ。

三宅　そうなんですよね。インターネット上で笑いを表す記号が「w」から「草」になったじゃ

ないですか。最初は「w」って「笑い」という言葉を極限まで省略したもので、そこから逆に「w」の文字の形から発想されて、「草」という表現が生まれた。

実は『万葉集《まんようしゅう》』の表記でも同じようなことが起きているんです。インターネットを見ていると、古文の中で起こっていた言葉の変化に近い現象を、今まさに見ているような感じがするんですよね。

谷頭

SNSの流行と三つの歌集の流れ

授業で和歌を扱うときは、『万葉集《まんようしゅう》』『古今和歌集』『新古今和歌集《しんこきんわかしゅう》』を教えることが多くて。それぞれ性格がはっきりしていて教えやすいんです。ただ、ベタに『万葉集《まんようしゅう》』は素朴で雄大、『古今和歌集』は修辞がいっぱい使われて流麗《りゅうれい》で、って教えても面白くないんですよ。しかもなかなか実感を伴って「わかる」って思えない。

今回、和歌集をSNSでたとえましたけど、一旦まず和歌全部をInstagramの中でたとえると、『万葉集《まんようしゅう》』って**ナチュラルに盛っている文化の歌集**なんだと思うんです。端的に言えば〝そのまま歌う〟ものが多かったんだろうと。現代でもそういう〝ナチュ盛り〃のあとに来る流行って、グッと盛ったものだった。それこそプリクラとかでもたくさん加工して煌《きら》びやかに見せて、風景写真もフィルターなんかを使ってできるだけよりきれいに見せる文化が流行ったと。素朴なのは飽きちゃうから。『万葉集《まんようしゅう》』から『古今和歌集』へ、**素朴な感じから派手な感じに移っていく**のも同じ。

そうすると、次に「派手・加工が流行ったあとどうなるか」って考えたら、それもまた飽きがきて、**ふたたびナチュラル志向・懐古《かいこ》趣味に変わっていく**じゃないですか。今でいえば「平成レトロ」とか「昭和レトロ」ってありますけど、昔の時代に還っていって、そこから何かを得ようとする流れが来る。そうやってまた新しいものを作っていく文化が来ることを考えると、そこに実は『古今和歌集』から『新古今和歌集』が誕生する流れが重なってくるんですよね。

三宅　**『新古今和歌集』はつまりレトロブーム**なんです。

谷頭　そうそう、『新古今和歌集』って「『万葉集《まんようしゅう》』で歌われた素朴な時代いいな」みたいな意識があって、本当に平成レトロの世界観なんですよね。

『新古今和歌集』の特徴として**「本歌取り」がある。もともとあった歌を上手く使って、詠みたいことを詠むこと。カバーアルバムですよね。**過去の出来事や作品を、再解釈して新しいものを作っていく動きって今も昔も変わらない。もちろん、平成はたかだか20年、昭和も60年くらい前なのに比べて、『万葉集《まんようしゅう》』と『新古今和歌集』にある歌と歌の距離を見ると、1000年ぐらい開いたりするので、振り返るスパンが全然違うというのはありますけどね。

ただ、そういう**現代の感覚とシンクロする形で「わかる」って思いながら古典を読む**のってたぶんすごく大事なことで。古典の世界と、我々の生きている現代の世界が共鳴する地点を感じながら読むこと。学問的に必ずしも正しいとは思わないんですけど、そういう補助線を入れることによって理解できる面白さは絶対ある。

三宅　ある文化の中で「文脈」ができていって、でもそれが〝できすぎてくる〟と、ちょっと息苦しいから壊したくなる。和歌も同じです。

コミュニケーションツールからバトルへ

谷頭　和歌＝SNSの話でいうともう一つ考えたいのが、和歌って当時誰に向けて読まれていたのか、どういう場で読まれていたのか、という問い。これはどうでしょうか。

三宅　『万葉集《まんようしゅう》』の時代だと和歌はコミュニケーションの手段でした。基本的に平安時代初期も、和歌は、誰かへの手紙、特に恋文として使われることがほとんど。思う相手への手紙に添えたり、手紙として言いたいことを和歌に託して送ったり、あとは後朝の歌（p140）と言って一晩ともに過ごしたあとに和歌を詠む風習があったり。

でも**平安後期から鎌倉時代にかけて、和歌は文化として洗練され、コミュニケーションよりも芸術趣味のような形で楽しまれるようになりました**。代表的なのが、歌合わせ。一つのテーマを与えられて、みんなで歌を詠み合って、誰の歌が一番良かったかを対戦させる、いわゆる**コンペ形式の和歌バトル**です。

谷頭　なるほどね。もとはコミュニケーションツールだったものが、文化システムとして形成されてくると。そうすると技法やテクニックも登場しますよね。

三宅　自分の教養レベルを相手に示すような本歌取りという技法が出てきたりね。

谷頭　SNSも最初はコミュニケーションのためにやっていたはずじゃないですか。でも次第に、みんなに認めてもらい知名度を上げるために使うようになって。その流れでルールやフォーマットも定まってくる。

Instagramも「#ファインダー越しの私の世界」とかありますよね。僕はどんな投稿でも

三宅　そのハッシュタグを付けています。そんなハッシュタグがあるのか。『万葉集《まんようしゅう》』の中でも、制作された時代が下るとルールが生まれますし。和歌全体の歴史を見ても、時代が下るとさらにルールが増えていく。

『新古今和歌集』は元ネタ当てゲーム？

三宅　そういった形で和歌はどんどん技巧的になっていって、『新古今和歌集』の頃はもうかなり洗練されてきています。『万葉集《まんようしゅう》』の時代なら、「桜がきれいだね」と詠む。『古今和歌集』の時代だと「桜がきれいと歌うのが和歌だから、桜を詠みましょう」といったルールがはっきりしてきた。そして**『新古今和歌集』の時代は、「桜の咲いていない時期に、咲いている桜のことを考えて泣ける」ことを詠む。**今、目の前には見えていないんだけど、その奥に見える何かを見ようとして泣ける、みたいな歌がすごく多い。**『新古今和歌集』は「匂わせ文化」だと思うんです。**

谷頭　教科書にも載っている代表的な歌の一つ「見渡せば花も紅葉《もみじ》もなかりけり浦の苫屋《とまや》の秋の

三宅

夕暮」（藤原定家《ふじわらのていか》）では、「美しい桜も、秋のきれいな紅葉《もみじ》もない」と歌っていて、**「ない」を歌うことがいいんだ**、みたいなところがありますよね。

『新古今和歌集』は幽玄の世界を詠んでいる、と説明されることが多いのですが。「幽玄」とは何ぞやというと、つまり、**「いかに見えないものを見るか」**なんですよ。例えば、桜が咲いている時期には、もう桜が散ることを想像して泣く歌を詠む。見えているのは満開の桜なのに！　あるいは、恋愛の和歌だと、「恋とか愛とかいう言葉を使わずに、恋のことを読むのがオシャレ」みたいな。

『新古今和歌集』の有名な歌といえば、「ながむれば衣手すずしひさかたの天の河原の秋の夕暮れ」（式子内親王《しきしないしんのう》）。意味としては「眺めていると服の袖が涼しく感じられて、天の川の秋の夕暮れよ」。実はこの和歌、天の河原……つまり七夕《たなばた》のことを歌っているんですけど、七夕の星空が詠まれているわけではないんですね。織姫《おりひめ》も彦星《ひこぼし》も登場しないし、直接「七夕」とも言わない。だけど、夕暮れの空の向こうに見える七夕を幻視しているのが、オシャレだね、という世界観。

私は『新古今和歌集』を読むたびにちょっと「気が合わないぜ」と思うんです。オシャレというのはわかるんだが、「もうちょっと直接的に言え」みたいな気持ちに（笑）。

でも、文化が極まっていくと「目に見えていることを直接詠まないことがいい、察せられる方がオシャレだ」「要は、即物的でない方が芸術的だ」という雰囲気が出てくるのは仕方ない気もします。芸術って洗練されたものほど、文脈をたくさん沿わせたり、直接示していないけど読み取れることがオシャレだということになっていくんだよなぁと思うんです。**『新古今和歌集』はまさにそんな美学の世界。**

谷頭　それって『古今和歌集』までの和歌の流れをコンテクストとしてみんなが共有し始めたからなのかなと思いました。**「言わなくてもわかるよね」**と。

三宅　『新古今和歌集』の時代になると、和歌が、貴族の中でもごく一部の、本当に文脈を知っている人たちの**内部だけで楽しむ芸術になっていくんですよね。**

谷頭　それでいうと思うのは、現代の僕たち自身も基本的に「和歌とは何か」とか、そこでよしとされている文脈、感性を全く共有してないわけじゃないですか。
だから例えば突然「幽玄がいいんだ」って言われても「何がいいの」と思いますよね。それは、あまりにも現代の感性と乖離《かいり》しちゃっているということなんだけれど、一方で、『新古今和歌集』の歌って、あんまりその意味をわかってない貴族も出てきたんですかね。

三宅　いたと思いますね。『新古今和歌集』ってもはや**「どれぐらい元ネタを読みとれ**

るかゲーム」になっている。真に読みとれた人は、ごくわずかだったんじゃないかなあ。どうなんでしょうね。現代でも、例えばSNSで生まれるコミュニティで、何か特定の固有名詞を絵文字で表現する文化があるんです。それを見るたび私は「歌語だ」と思います。

歌語《かご》という文化が、まさに『新古今和歌集』の時代に流行していたんです。例えば藤原《ふじわらの》定家《ていか》の「春の夜の夢の浮き橋とだえして峰にわかるる横雲の空」という歌。歌語文化だと、「夢の浮橋《うきはし》」という言葉を使うだけで、『源氏物語《げんじものがたり》』の「夢浮橋帖」の文脈が意味に含められるんです。『源氏物語《げんじものがたり》』の「夢浮橋」といえば、薫《かおる》と浮舟《うきふね》の関係が描かれた帖だということが、わかる人にはわかる。すると「これは悲恋の歌なんだ」と、わかる人にはわかるという仕組みになる。

こういう文脈を持った和歌の言葉を歌語というんですが。**今も昔も、人は内部の人だけにわかる記号を作りたがる**んだなと。『新古今和歌集』の、一語に「わかる人だけわかる」文脈を込めたがる感覚は、意外と現代にも残っているのでは？流行語が生まれるのは、どこかのコミュニティでお互いが仲間である印を言葉に託したいから。要は歌語の意味がわかる人たち同士であれば「私たちは教養ある貴族ですよね」と、記号を共有できた。そして互いが仲間であることを確認し合った。**現代でいえば「同じ界隈《かいわい》・クラスタですよね」ということを確認し合うのに近かった。**

特に『新古今和歌集』の時代は、貴族の立場がどんどん不安定になっていった時代。武士の時代になりつつある中で、かつてより**「貴族文化をわかる、雅な俺らだぜ」というアイデンティティを確認する必要があった**んです。和歌がどんどん本歌取りや歌語の世界になって、内輪向けになっていったのも、そうまでして確認したかった仲間内のアイデンティティがあるということだったんだろうな、と思います。

谷頭　そう考えるとすごく面白いし、ちょっと寂しい気持ちにもなりますね。

三宅　私は『万葉集《まんようしゅう》』の方が好きだな。わかりやすくて。でも『新古今和歌集』の方が気が合う人もいると思いますし。

『万葉集《まんようしゅう》』と『古今和歌集』と『新古今和歌集』で、どれが一番グッとくるか、人によって違う気がするので、それぞれ代表的な歌を見て、比べてみるのも面白いと思います。

“和歌”ってあんまり難しいものではなくて、本当にSNSみたいなものなんですよ。**今も昔も、言葉が好きな人って、そういうSNS的なコミュニケーションをしたがる。**

谷頭　そんなふうに、軽くノリで古典を楽しめるような視点があると面白いと思うんですよね。もちろん和歌＝SNSって、研究的に必ずしも正確なことではないかもしれないですけど。

三宅　もちろんですよ！　でもそう考えると、みんなもう少し和歌を楽しめるのではと思います。

谷頭　それが大事ですね。

どれから読んだらよいか？

三宅　ここまでSNSにたとえて語ってきましたが、和歌って基本的に**「VS漢詩」**で始まった文化なんですよ。日本語は、最初は漢文だった。だから文学方面もまずは漢詩から始まっていて、言語も文学も、まずは中国から学んでいた。

でも「それだけじゃダメだ」と思い始めたのが、奈良〜平安時代。**日本の文化として、漢詩ではなく日本の言葉で和歌を詠むことが大事ではないのか**、という考えが出てきて、『万葉集《まんようしゅう》』や『古今和歌集』が登場する。

『万葉集《まんようしゅう》』に関しては政治的な意図もあって、日本の国土を治めるために全国各地の和歌を集めようとしていたんですよね。だから日本人のアイデンティティとしての和歌、というところで、和歌が文化の中心になってきた。

谷頭　なるほどね。最初は『万葉集《まんようしゅう》』とか『古今和歌集』を読むといいんでしょうか。

三宅　そうですね。いい和歌が揃っているし、解説もたくさんあるから**『百人一首《ひゃくにんいっしゅ》』もおすすめ**です。
『古今和歌集』は編纂者の一人である紀貫之《きのつらゆき》の情熱を感じられるのですが、長いんですよ。私は大学生のときに「『古今和歌集』の恋の歌を最初から読む会」を友達とやっていたんですけど、『古今和歌集』の恋の部って、時系列的に、恋に落ちるところ、会うところ、悶々《もんもん》とするところ、失恋するところ、残り香を感じるところ、恋が終わるところ、とそれぞれ場面で分類されて順番に並べられているんですけど……読書会を1年間やって、会うところまで行かなかったですからね。会わずに1年終わった（笑）。「こんなことある？」って思うくらい長い。

谷頭　もうなかなか進まないわけですね。

三宅　『古今和歌集』だけではなく、歌集は長いですけどね。『万葉集《まんようしゅう》』は全20巻約4500首とかですからね。長すぎる。だから『百人一首《ひゃくにんいっしゅ》』みたいなものが誕生する。

谷頭　なるほどベストヒット。

おわりに

「美味しく」読む古典

谷頭和希

いやあ、面白かった。

古典についてこんな自由に話したの、初めてかもしれない。

とにかく三宅さんが面白い。なんといっても、作品に出てくる状況のたとえが絶妙。「蔦《つた》屋《や》重《じゅう》三《ざぶ》郎《ろう》はDMM」「蜻《かげ》蛉《ろう》日《にっ》記《き》は発言小町」等々、よくまあそんな比喩が出てくるもんだ。それにつられて私も、半ば妄想混じりの話をたくさんしてしまった。そんなわけでこの本の中には「ノーエビデンス」、つまり「証拠ナシ」の話も、そこそこある。けれど、怒らないでほしい。そうやって幾重にも妄想できるのが古典の面白いところだと思うからだ。というか、古典が時代の荒波に耐えて残ってきたのは、そうやっていろいろな人が作品を自分なりに解釈して、後の時代に伝えてきたから。思えばこの本だって、意外と古典の継承に役立っているかも（過信しすぎかしら）。

いま、「古典を解釈して」と書いた。これは歴史的には「注釈」と呼ばれる作業だ。いわゆる学者と呼ばれる人がさまざまな古典作品を一言一句丁寧に解読して「ここはこういう意味ですよ」と解説する。けれど当然、著者はとうの昔に死んでしまっている（それに、そもそも「著者」という概念自体が古典には明確にない）。だからどうしてもそこには、その注釈をする人なりの「解釈」が入りこむ。でもきっと、注釈をしてきた人々はそこに面白さを感じていたのだと思う。いくらでも想像ができるのだから。

その点では、『土佐日記《とさにっき》』のダジャレにシラけ、『更科日記《さらしなにっき》』の少女に共感し、『方丈記《ほうじょうき》』の災害描写に畏れおののいた私たちと同じなのだ。「注釈」なんて言うと難しそうだけど、やっていることは同じ、古典を読んで共感し（あるいは共感できない！と盛り上がり）、面白がっていたのだ。

私は昔、中学校と高校で「古典」を教えていた。あるいはこれからまた教えるかもしれない。そのときにいつも聞かれていた質問。

「先生、古典ってなんのために勉強するんですか？」

ほんとうにあるんです、こういう質問が。

ここで先生がたじろぐ……までよく見る風景かもしれない。私も多分に漏れず、答えをゴマかしていた。けれど今回、三宅さんと本を作ってきた後なら、自信を持ってこう言う。

「古典は面白いからです」。

開き直ってるわけじゃない。本当にそうだからだ。古典作品には「注釈」とか「文法」

とか「古典常識」みたいな、難しくて、私たちを遠ざける言葉がぶあつい皮のようにびっちり張りついている。だからとっつきにくく感じるだけで、皮を一枚一枚丁寧にむいてあげれば、それは誰が食べても「美味しい」。

「なんのために」と聞く人は、きっと皮剥きが終わっていない実を食べて痛い目を見たのだ。果実の美味しさに味をしめれば、たぶんそんな質問はしなくなる。

それに、きっと学校の他の科目ではこういう「単に面白いこと」ってあんまりないよ、と言う。だってそうじゃないですか。『土佐日記《とさにっき》』なんて、女のフリをしたおじさんのダジャレ混じりの文章ですよ。あるいは『源氏物語《げんじものがたり》』なんて、不倫野郎のオラオラ話ですから。明らかに教育上不適切。それを読む。なぜか教室で、大真面目に。「ああ、昔ってこんな人がいたんだな」とほくそ笑む。こんな時間、古典をおいて他にない。

あとは、適切に皮をむけばいい。でも、どうやって?

その方法を、この本で示したつもりだ。「美味しい実」だけを残してみた。だからこの本は、今まさに学校で「美味しくない古典」を勉強している中高生や、それを教える先生、さらに昔古典を勉強したけれどさっぱり忘れてしまった社会人が「古典の食べ方」を知るための本でもある。あなたの周りで「美味しくない古典」を食べている人がいたら、この本をそっと紹介してあげてほしい。「古典って面白いね」とその人が言ってくれたのなら、私と三宅さんにとってこの上ない喜びだ。

最後に、三宅さんと私の話をうまく編集してくださった長濱よし野さんに感謝を申し上げたい。自身、国文学を学ぶ院生として忙しく勉学に励みながら、この本に協力してくださった。改めて御礼を申し上げる。また、編集を担当してくださった大原彩季加さんにも感謝したい。

すべての人が古典を「面白い」と思えることを願って、「あとがき」に代えさせていただく。

主な参考文献

1章

谷津矢車（著）『蔦屋』文藝春秋
松本寛（著）『蔦屋重三郎　江戸芸術の演出者』日本経済新聞社
濱野将行（著）『ごちゃまぜで社会は変えられる：地域づくりとビジネスの話』クリエイツかもがわ
中村幸彦（校注）『日本古典文学大系　第55』岩波書店
平賀源内記念館ＨＰ
十返舎一九（著）、伊馬春部（訳）『現代語訳　東海道中膝栗毛　上・下』岩波書店
小林祥次郎（編）『仁勢物語』勉誠社
三宅香帆（著）『（萌えすぎて）絶対忘れない！妄想古文』河出書房新社

コラム

伊藤善隆（著）『コレクション日本歌人選３　芭蕉』笠間書院
志田義秀（校註）『校註奥の細道　附幻住庵記』武藏野書院

2章

片桐洋一・福井貞助・稲賀敬二（校訂・訳）『竹取物語　伊勢物語　堤中納言物語』〈日本の古典をよむ６〉小学館
池澤夏樹（編）、森見登美彦・川上弘美・中島京子・堀江敏幸・江國香織（訳）『竹取物語／伊勢物語／堤中納言物語／土左日記／更級日記　日本文学全集03』河出書房新社
永井和子（訳・注）『伊勢物語』〈笠間文庫　原文&現代語訳シリーズ〉笠間書院
俵万智（著）『恋する伊勢物語』筑摩書房
氷室冴子（著）『なんて素敵にジャパネスク』白泉社
紫式部（著）、阿部秋生・秋山虔・今井源衛・鈴木日出男（校訂・訳）『源氏物語　上・下』〈日本の古典をよむ９・10〉小学館
大和和紀（著）『あさきゆめみし』講談社
俵万智（著）『愛する源氏物語』文藝春秋
佐藤晃子（文）、伊藤ハムスター（イラスト）『源氏物語解剖図鑑』エクスナレッジ
林真理子・山本淳子（著）『誰も教えてくれなかった『源氏物語』本当の面白さ』小学館
角田光代（訳）『源氏物語』河出書房新社
瀬戸内寂聴（訳）『源氏物語』講談社
橘健二・加藤静子（校訂・訳）『大鏡　栄花物語』〈日本の古典をよむ11〉小学館
馬淵和夫・国東文麿・稲垣泰一（校訂・訳）『今昔

物語集』〈日本の古典をよむ12〉小学館
月岡芳年（画）『画帖月百姿』双葉社
芥川龍之介（著）『六の宮の姫君』青空文庫
山岸涼子（著）「朱雀門」『二日月　山岸涼子スペシャルセレクション』潮出版社
池澤夏樹（編）、古川日出男（訳）『平家物語　日本文学全集09』河出書房新社

コラム

池澤夏樹（訳）『古事記』河出書房新社
鳥越憲三郎（著）『出雲神話の成立』創元社

3章

三谷栄一（訳注）『土佐日記　付現代語訳』KADOKAWA
東原伸明・ローレン・ウォーラー（編）『新編土左日記 増補版』武蔵野書院
田辺聖子（著）『蜻蛉日記をご一緒に』講談社
右大将道綱母（著）、川村裕子（訳注）『新版　蜻蛉日記I（上巻・中巻）・II（下巻）現代語訳付き』KADOKAWA
犬養廉（訳）『蜻蛉日記・更科日記』學燈社
近藤みゆき（訳注）『和泉式部日記　現代語訳付き』KADOKAWA
岩佐美代子（著）『和泉式部日記注釈［三条西家本］』笠間書院
高木和子（著）『コレクション日本歌人選6　和泉式部』笠間書院
小谷野純一（著）『紫式部日記』〈笠間文庫　原文&現代語訳シリーズ〉笠間書院
池田利夫（著）『更級日記』〈笠間文庫　原文&現代語訳シリーズ〉笠間書院

4章

松尾聰、永井和子（訳・注）『枕草子［能因本］』〈笠間文庫　原文&現代語訳シリーズ〉笠間書院
山本淳子（著）『枕草子のたくらみ　「春はあけぼの」に秘められた思い』朝日新聞出版
浅見和彦（訳・注）『方丈記』〈笠間文庫　原文&現代語訳シリーズ〉笠間書院
吉田兼好（著）、今泉忠義（訳注）『徒然草　附・現代語訳　改訂版』KADOKAWA

5章

渡部泰明（編）、和歌文学会（監修）『和歌のルール　これだけ知れば楽しく読める10の和歌のルールをやさしく説明！』笠間書院
森淳司（著）『訳文万葉集』笠間書院
片桐洋一（著）『古今和歌集』〈笠間文庫　原文&現代語訳シリーズ〉笠間書院
平井啓子（著）『コレクション歌人選010　式子内親王』笠間書院
松村瞳（文Labo）（著）、すぎやまえみこ（イラスト）『古典の裏』笠間書院

三宅香帆（みやけ・かほ）

文芸評論家。京都市立芸術大学非常勤講師。1994年高知県生まれ。京都大学人間・環境学研究科博士後期課程中途退学。リクルート社を経て独立。小説や古典文学やエンタメなど幅広い分野で、批評や解説を手がける。著書『文芸オタクの私が教える　バズる文章教室』『（読んだふりしたけど）ぶっちゃけよく分からん、あの名作小説を面白く読む方法』『女の子の謎を解く』『なぜ働いていると本が読めなくなるのか』等多数。

谷頭和希（たにがしら・かずき）

都市ジャーナリスト・チェーンストア研究家。1997年生まれ。早稲田大学文化構想学部卒業、早稲田大学教育学術院国語教育専攻修士課程修了。著作に『ニセコ化するニッポン』（KADOKAWA）、『ドンキにはなぜペンギンがいるのか』（集英社新書）など。テレビ・動画出演は『ABEMA Prime』『めざまし8』など多数。

「古典の授業？寝てたよ！」
というあなたに読んでほしい
実はおもしろい古典のはなし

令和7年（2025）4月5日　初版第1刷発行

著者　三宅香帆　谷頭和希
編集協力　長濱よし野
装画　なおよし
本文イラスト　オザキエミ
発行者　池田圭子
発行所　笠間書院
〒101-0064
東京都千代田区神田猿楽町2-2-3
電話：03-3295-1331
FAX：03-3294-0996
mail：info@kasamashoin.co.jp
https://kasamashoin.jp/
装丁・デザイン　室田潤（細山田デザイン事務所）
図版・本文組版　キャップス
印刷／製本　平河工業社

ISBN 978-4-305-71036-9　C0095